국어과 선생님이 뽑은

온고지신 읽기 · 논술문학 읽기
논술고사 수능대비 청소년필독서

에게 드립니다
....

북앤북 논술 문학 읽기 10

국어과 선생님이 뽑은

이해조·최찬식·안국선

자유종·추월색·금수회의록

북·앤·북

북앤북 논술 문학 읽기 10

 국어과 선생님이 뽑은 이해조·최찬식·안국선
자유종·추월색·금수회의록

초판 1쇄 | 2017년 5월 15일 발행

지은이 | 이해조·최찬식·안국선
엮은이 | 김대석
편집교정 | 이정민
디자인 | 인지숙
일러스트 | 이혜인
펴낸이 | 이경자
펴낸곳 | 북앤북

주소 | 경기도 고양시 일산동구 산두로 128, 909동 202호
전화 | 031-902-9948
팩시밀리 | 031-903-4315
등록 | 제 313-2008-000016호

ISBN 979-11-86649-03-9 44810
      979-11-86649-02-2 (세트)

국립중앙도서관 출판예정도서목록(CIP)

(국어과 선생님이 뽑은) 자유종 / 지은이: 이해조.추월색 /
지은이: 최찬식.금수회의록 / 지은이: 안국선 ; 엮은이: 김
대석. -- 고양 : 북앤북, 2017
    p. ; cm. -- (북앤북 논술문학 읽기 ; 10)

"작가 연보" 수록
ISBN 979-11-86649-03-9 44810 : ₩9500
ISBN 979-11-86649-02-2 (세트) 44800

한국 소설[韓國小說]

813.6-KDC6   CIP2017009434

잘못된 책은 구입하신 서점에서 바꾸어 드립니다.

※ 작품의 효과를 고려하여 원문과 방언을 살리되
  의미 전달을 위해 현대 표기법을 참고하였습니다.
  띄어쓰기는 개정된 한글맞춤법을 따랐습니다.

국어과 선생님이 뽑은 이해조·최찬식·안국선

자유종·추월색·금수회의록

자유종 · 추월색 · 금수회의록

《소학》에 가로되, 좋은 사람이 없다 함은

덕 있는 말이 아니라 하였으니,

내 나라 사람을 무식하다고 능멸(凌蔑:업신여겨 깔봄)하여

권고 한마디 없으면 유식하신 매경 씨만 홀로 살으시려오?

여보 여보, 열심을 잃지 말고

어서어서 잡지도 발간, 교과서도 지어서

우리 일천만 여자 동포에게 돌립시다.

— 『자유종』 중에서 —

자유종 自由鐘

핵심 정리

갈래 : 신소설(토론소설)

시점 : 전지적 작가 시점

배경 : 일제 강점기 때 생일잔치에서의 토론

구성 : 여러 등장인물의 주장을 순차적으로 나열한
　　　 토론 체 소설

주제 : 계몽기의 현실 직시와 국권 회복의 방향 제시

출전 : 《자유종》(1901년 광학서포)

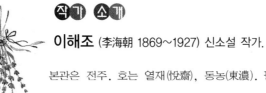

이해조 (李海朝 1869~1927) 신소설 작가.

본관은 전주. 호는 열재(悅齋), 동농(東濃). 필명으로는 선음자(善飮子), 우산거사(牛山居士).

1869년 2월 27일 경기도 포천군 신북면 신평리 121번지에서 아버지 이철용(李哲鎔)과 어머니 청풍 김씨의 장남으로 출생. 서울 익선동, 와룡동, 도렴동 등지에서 살았다. 어릴 적부터 한학을 수학하여 19세 때 초시에 합격했으며, 25,6세 무렵에는 대동사문회를 주관했다.

일본어를 독학하고 1908년 대한 교육부 사무장, 실업부 평의원, 기호흥학회 평의원, 〈기호흥학회월보〉 편집인으로 활약. 양기탁, 주시경 등과 함께 광무사를 조직하여 국채보상운동을 전개하기도 했다.

활쏘기와 거문고타기가 취미였으며, 특히 국악에 조예가 깊었다. 1906년 11월부터 잡지 〈소년한반도(少年韓半島)〉에 소설 《잠상태(岑上笞)》(1906)를 연재하면서 본격적인 문학 활동을 시작한 그는 주로 양반가정 여인들의 구속적인 생활을 해방시키려는 의도로 실화(實話)에 근거하여 소설을 썼다. 1907년 대한협회(大韓協會)와 1908년 기호흥학회(畿湖興學會) 등의 사회단체에 가담하여 신학문의 소개와 민중계몽운동에 나서기도 하였고, 한때 〈제국신문〉, 〈황성신문〉, 〈매일신보〉 언론기관에 관계하면서 40여편 이상의 작품을 발표하고 59세가 되던 1927년 5월 11일 포천에서 병사했다. 그의 문학적 업적은 크게 작품을 통하여 이룩한 소설적 성과와 변안·번역을 통한 외국작품의 소개, 그리고 단편적으로 드러난 근대적인 문학관의 측면으로 나누어 살펴볼 수 있다.

작품으로는, 《자유종》, 《빈상설(鬢上雪)》, 《구마검(驅魔劍)》, 《화(花)의 혈(血)》, 《춘외춘(春外春)》, 《월하가인(月下佳人)》, 《고목화(枯木花)》, 《봉신화》 등의 창작 신소설과 《옥중화(獄中花)》, 《연(燕)의 각(脚)》, 《강상련(江上蓮)》, 《토의 간(肝)》 등의 개작 신소설이 있고 《철세계》, 《화성돈전》, 《앵속화 제조법》 등을 번역했다.

 작품 정리

이 작품은 1910년 7월 광학서포(廣學書鋪)에서 '토론소설'로 표제가 붙은 이해조의 정치소설이다. 개화기 지식인의 비판의식을 드러내며, 양반 여성들의 관념적인 토론과 대화로 구시대의 유습인 여성의 인종(忍從)과 예속이 타파되어야 하며 여성의 권리신장, 자녀교육과 자주독립, 적서(嫡庶) 차별과 지방색 타파, 미신타파, 한문폐지 등 국권회복과 근대화의 국가 발전을 위한 신교육의 필요성과 여성이 새 시대의 국가와 민족의 앞날에 대해 생각하고 이야기할 필요가 있음을 주장한다.

작품 줄거리

1908년 음력 1월 16일 밤 이매경 여사의 생일잔치에 모인 신설헌·홍국란·강금운·이매경 등 4명의 부인이 초저녁부터 새벽까지 토론을 벌인다.

여권(女權) 문제와 교육을 통한 개화와 계몽, 국가의 부강, 미신 및 계급 사회 타파 등과 남자가 절대 지배권을 행사하는 사회의 폐습이 시정되어야 하고 자녀 공물론과 적서(嫡庶)의 차별을 폐지하고 인재 등용은 국익에 따라야 하고 계몽과 교육만이 부국강병의 필수 요건이라고 주장한다. 또 조상 숭배나 윤리와 도덕을 앙양하는 제사나 관혼의 길사가 오로지 형식에 치우쳐 있는 폐단도 시정되어야 한다고 주장한다.

자유종(自由鐘)

이해조

　천지간 만물 중에 동물 되기 희한(稀罕)하고, 천만 가지 동물 중에 사람 되기 극난(極難, 지극히 어렵다)하다. 그같이 희한하고 그같이 극난한 동물 중 사람이 되어 압제(壓制)를 받아 자유를 잃게 되면 하늘이 주신 사람의 직분(職分)을 지키지 못함이거늘, 하물며 사람 사이에 여자 되어 남자의 압제를 받아 자유를 빼앗기면 어찌 희한코 극난한 동물 중 사람의 권리를 스스로 버림이 아니라 하리오.

　여보, 여러분, 나는 옛날 태평시대에 숙부인(淑夫人, 정3품 당상관 아내에게 주는 봉작)까지 바쳤더니 지금은 가련한 민족 중의 한 몸이 된 신설헌이올시다.

　오늘 이매경 씨 생신(生辰)에 청첩을 인하여 왔더니 마침 홍국란 씨와 강금운 씨와 그 외 여러 귀중하신 부인들이 만좌(滿座)하셨으니 두어 말씀 하오리다.

　이전 같으면 오늘 이러한 잔치에 취하고 배부르면 무슨 걱정 있으리까마는, 지금 시대가 어떠한 시대며, 우리 민족은 어떠한 민족이오? 내 말이 연설 체격과 흡사하나 우리 규중(閨中, 부녀자가 거처하는 안방) 여자도 결코 모를 일이 아니올시다.

일본도 삼십 년 전 형편이 우리나라보다 우심(尤甚, 더욱 심함)하여 혹 천하대세(天下大勢, 세상 돌아가는 추세)라, 혹 자국전도(自國前導, 나라의 앞날을 전하여 인도)라 말하는 자는 미친 자라, 괴악한 사람이라 지목하고 인류로 치지 않더니, 점점 연설이 크게 열리매 전도하는 교인같이 거리거리 떠드나니 국가 형편이요, 부르나니 민족 사세라, 2, 3인 모꼬지(놀이나 잔치로 여러 사람이 모이는 일)라도 술잔을 대하기 전에 소회(所懷, 마음에 품은 회포)를 말하고 마시니, 전국 남녀들이 십여 년을 한담도 끊고 잡담도 끊고 언필칭 국가라 민족이라 하더니, 지금 동양에 제일 제이 되는 일대 강국이 되었습니다.

오늘 우리나라는 어떠한 비참지경(悲慘之境, 나라가 슬프고 끔찍함)이오? 세월은 물같이 흘러가고 풍조는 날로 닥치는데, 우리 비록 아홉 폭 치마는 둘렀으나 오늘만도 더 못한 지경을 또 당하면 상전벽해(桑田碧海, 세상이 변화무쌍하게 빠름)가 눈결에 될지라. 하늘을 부르면 대답이 있나, 부모를 부르면 능력이 있나, 가장을 부르면 무슨 방책이 있나, 고대

광실(高臺廣室, 크고 좋은 집) 뉘가 들며 금의옥식(錦衣玉食, 좋은 옷을 입고 좋은 밥을 먹는 호화로운 생활)은 내 것인가? 이 지경이 이마에 당도했소. 우리 3, 4인이 모였든지 5, 6인이 모였든지 어찌 심상한 말로 좋은 음식을 먹으리까? 승평무사(昇平無事, 나라가 태평하여 아무 일이 없음)할 때에도 유의유식(遊衣遊食, 하는 일 없이 입고 먹음)은 금법(禁法)이거든 이 시대에 두 눈과 두 귀가 남과 같이 총명한 사람이 어찌 국가 의식만 축내리까? 우리 재미있게 학리상(學理上)으로 토론하여 이날을 보냅시다.

(매경) "절당(切當, 사리에 맞음) 절당하오이다. 오늘이 참 어떠한 시대요? 이 같은 수참(愁慘, 몹시 비참)하고 통곡(痛哭)할 시대에 나 같은 요망한 여자의 생일잔치가 왜 있겠소마는 변변치 못한 술잔으로 여러분을 청하기는 심히 부끄럽고 죄송하나 본의인즉 첫째는 여러분 만나 뵈옵기를 위하고, 둘째는 좋은 말씀을 듣고자 함이올시다. 남자들은 자주 상종(相從)하여 지식을 교환하지마는 우리 여자는 한번 만나기 졸연(猝然, 갑작스럽게)하오니까? 《예기(禮記)》에 가로되, '여자는 안에 있어 밖의 일을 말하지 말라.' 하였고, 《시전(詩傳)》에 가로되 '오직 술과 밥을 마땅히 할 뿐이라.' 하였기로 층애절벽(層崖絶壁, 바위가 층층이 쌓인 언덕) 같은 네 기둥 안에서 나고 자라고 늙었으니, 비록 사마자장(《사기(史記)》

를 지은 한나라 학자 사마천)의 재주가 있을지라도 보고 듣는 것이 있어야 아는 것이 있지요.

이러므로 신체 연약하고 지각이 몽매하여 쌀이 무슨 나무에 열리는지, 도미를 어느 산에서 잡는지 모르고, 다만 가장(家長)의 비위만 맞춰, 앉으라면 앉고 서라면 서니, 진소위(眞所謂, 그야말로) 밥 먹는 안석(案席, 방석)이요, 옷 입은 퇴침(退枕, 목침)이라, 어찌 인류라 칭하리까?

그러나 그는 오히려 현철(賢哲, 어질고 사리에 밝음)한 부인이라, 행검(行檢, 품행이 바름)있는 부인이라 하겠지마는, 성품이 괴악하고 행실이 불미하여 시앗〔첩(妾)〕에 투기하기, 친척에 이간(離間)하기, 무당 불러 굿하기, 절에 가서 불공하기, 제반악징(諸般惡徵, 여러 가지 악한 징조)은 소위 대갓집 부인이 더합니다. 가도(家道)가 무너지고 수욕(羞辱, 부끄러운 일)이 자심(滋甚)하니 이것이 제 한집안일인 듯하나 그 영향이 실로 전국에 미치니 어찌 한심치 않으리까?

그런 부인이 생산(生産)도 잘 못하고 혹 생산하더라도 어찌 쓸 자식을 낳으리오. 태내(胎內) 교육부터 가정교육까지 없으니 제가 생지(生知, 탁월한 사람으로 태어나면서 도를 안다는 뜻)의 바탕이 아닌 바에 맹모(孟母)의 삼천(三遷, 세 번 이사함)하시던 교육이 없이 무슨 사람이 되리오. 그러나 재상도 그 자제이요, 관찰·군수도 그 자제니 국가의 정치가 무엇인지, 법률이 무엇인지 어찌 알겠소? 우리 비록 여자이나 무식(無識)을 면치 못함을 항상 한탄하더니, 다행히 오늘 여러분 고명하신 부인께서 왕림하여 좋은 말씀을 들려주시니 대단히 기꺼운 일이올시다.”

　(설헌) “변변치 못한 구변이나 내 먼저 말씀하오리다. 우리 대한의 정계가 부패함도 학문 없는 연고요, 민족의 부패함도 학문 없는 연고요, 우리 여자도 학문 없는 연고로 기천 년(幾千年) 금수 대우를 받았으니 우리나라에도 제일 급한 것이 학문이요, 우리 여자 사회도 제일 급한 것이 학문인즉 학문 말씀을 먼저 하겠소.

　우리 이천만 민족 중에 일천만 남자들은 응당 고명한 학교를 졸업하여 정치·법률·군제·농·상·공 등 만 가지 사업이 족하겠지마는, 우리 일천만 여자들은 학문이 무엇인지 도무지 모르고 유의유식으로 남자만 의뢰하여 먹고 입으려 하니 국세가 어찌 빈약하지 아니하겠소? 옛말에 ‘백지장도 맞들어야 가볍다’ 하였으니, 우리 일천만 여자도 일천만 남자의 사업을 백지장과 같이 거들었으면 백 년에 할 일을 오십 년에 할 것이요, 십 년에 할 일을 다섯 해면 할 것이니 그 이익이 어떠하오? 나라의 독립도 거기 있고 인민의 자유도 거기 있소.

　세계 문명국 사람들은 남녀의 학문과 기예가 차등이 없고,

여자가 남자보다 해산(解産)하는 재주 한 가지가 더하다 하며, 혹 전쟁이 있어 남자가 다 죽어도 겨우 반구비(半具備, 반은 갖추어져 있다는 뜻)라 하니, 그 여자의 창법 검술까지 통투(通透, 사리를 꿰뚫어서 앎)함을 가히 알겠도다.

사람마다 대성인(大聖人) 공부자(孔夫子, 공자) 아닐진대 어찌 생이지지(生而之知, 배우지 않아도 도(道)를 스스로 깨우침)하리오. 법국(法國, 프랑스) 파리 대학교에서 토론회를 열매 가(可)편은 사람을 가르치지 못하면 금수와 같다고, 부(否)편은 사람이 천생 한 성질이니 비록 가르치지 아니할지라도 어찌 금수와 같으리오 하여 경쟁이 대단하되 귀결치 못하더라. 학도들이 실지를 시험코자 하여 무부모(無父母)한 아해(아이)들을 사다가 심산궁곡(深山窮谷, 깊은 산골)에 집 둘을 짓되 네 벽을 다 막고 문 하나만 뚫어 음식과 대소변을 통하게 하고, 그 아이를 각각 그 속에서 기를 새, 7, 8년이 된 후 그 아이를 학교로 데려오니 제가 평생에 사람 많은 것을 보지 못하다가 6, 7층 양옥에 인산인해(人山人海) 됨을 보고 크게 놀라 서로 돌아보며, 하나는 '꼭고댁꼭고댁' 하고 하나는 '끼익끼익' 하니, 이는 다름 아니라 제 집에 아무것도 없고 다만 닭과 돼지만 있는데, 닭이 놀라면 '꼭고댁' 하고 돼지가 놀라면 '끼익끼익' 하는 고로 그 아이가 지금 놀라운 일을 보고, 그 소리는 각각 본 대로 낸 것이니 그것도 닭과 돼지의 교육을 받음이라.

학생들이 이것을 본 후에 사람을 가르치지 아니하면 금수와 다름없음을 깨달아 가(可)편이 득승(得勝, 싸움에서 이김)하였다 하니, 이로 보건대 우리 여자가 그와 다름이 무엇이오? 일용범절(날품팔이 예의)에 여간 안다는 것이 저 아이의 '꼭고대', '끼익' 보다 얼마나 낫소이까? 우리 여자가 기천년을 암매(暗昧, 어리석은 생각)하고 비참한 경우에 빠져 있었으니, 이렇고야 자유권(自由權)이니 자강력(自强力)이니 세상에 있는 줄이나 알겠소.

일생에 생사고락(生死苦樂)이 다 남자 압제 아래 있어, 말하는 제웅(액을 막는 짚으로 만든 인형)과 숨 쉬는 송장을 면치 못하니 옛 성인의 법제가 어찌 이러하겠소. 《예기》에도 여인 스승이 있고 유모를 택한다 하였고, 《소학(小學)》에도 여자 교육이 첫 편이니 어찌 우리나라 여자 같은 자고송(自枯松, 저절로 말라 죽은 소나무)이 있단 말이오.

우리나라 남자들이 아무리 정치에 밝다 하나 여자에게는 대단히 적악(積惡)하였고, 법률이 밝다 하나 여자에게는 대단히 득죄(得罪)하였습니다. 우리는 기왕(旣往)이라, 말할 것 없거니와 후생(後生)이나 불가불 교육을 잘 하여야 할 터인데 권리 있는 남자들은 꿈도 깨지 못하니 답답하오. 남자들 마음에는 아들만 귀하고 딸은 귀치 아니한지라. 일분지라도 귀한 생각이 있으면 사지오관(四肢五官, 다섯 가지 감각 기관과 팔과 다리)을 구비한 자식을 어찌 차마 금수와 같이 길러 이 같은 고해(苦海)에 빠지게 하는고? 그 아들 가르치는 법도 별수는 없습디다. 《사략(史略)》《통감(通鑑)》으로 제 일 등 교과서를 삼으니 자국 정신은 간데없고 중국혼(中國魂)만 길러서 언필칭(반드시) 《좌전, 左傳(춘추좌씨전)》이라, 《강목, 綱目(자치통감)》이라 하여 남의 나라 기천 년 흥망성쇠만 의논하고 내 나라 빈부강약은 꿈도 아니 꾸다가 오늘 이 지경을 당하였소.

이태리국 역비다 산에 올차학이라는 구멍이 있어 해수로 통하였더니, 홀연 산이 무너져 구멍 어귀가 막힌지라. 그 속이 칠야(漆夜, 캄캄한 밤)같이 캄캄한데 본래 있던 고기들이 나오지 못하고 수백 년을 성장하여 눈이 있으나 쓸 곳이 없더니, 어귀의 막혔던 흙이 해마다 바닷물에 패어가며 일조에 구멍이 도로 열리매, 밖의 고기가 들어와 수없이 잡아먹되, 그 안에 있던 고기는 눈을 멀뚱멀뚱 뜨고도 저해(沮害, 방해)하려는 것을 전연히 모르더라. 절로 밀려 어귀 밖으로 혹 나왔으나 못 보던 눈이 졸지에 태양을 당하매, 현기증(眩氣症)이 나며 정신이 없어 어릿어릿하더라. 그러하니 그와 같이 대문·중문을 꽉꽉 닫고 밖에 눈이 오는지 비가 오는지 도무지 알지 못하고 살던 우리나라 이왕 교육은 올차학 교육이라 할 만하니 그 교육받은 남자들이 무슨 정신으로 우리 정치를 생각하겠소? 우리 여자의 말이 쓸데없는 듯하나 자국(自國)의 정신으로 하는 말이니, 오히려 만국공사(萬國公使)의 헛담판보다 낫습니다. 여러분 부인들은 대한 여자 교육계의 별방침을 연구하시오."

(금운) "여보, 설헌 씨는 학문 설명을 자세히 하셨으나 그 성질과 형편이 그래도 미진한 곳이 있습니다. 우리나라 지식을 보통케 하려면 그 소위 무슨 변에 무슨 자, 무슨 아래 무슨 자라는, 옛날 상전(上典)으로 알던 중국 글을 폐지함이 필요하겠소. 대저 글이라 하는 것은 말과 소와 같아서 그 나라의 범백정신(凡百精神, 온갖 정신)을 실어 두나니, 우리나라 소위 한문은 곧 지나(支那, 중국)의 말과 소리라. 다만 지나의 정신만 실었으니 우리나라 사람이야 평생을 끌고 당긴들 무슨 이익이 있겠소? 그런 중에 그 말과 소가 대단히 사나워 좀체 사람이 끌지 못하오.

그 글은 졸업 기한이 없고 일평생을 읽을지라도 이태백(李太白, 중국 당나라 시인 이백), 한퇴지(韓退之, 중국 당나라 사상가 한유)는 못 되며, 혹 상등으로 총명한 자가 물 쥐어 먹고 십 년 이십 년을 읽어서 실재(實才)라, 거벽(巨擘, 학식이 높은 사람)이라 하여 눈앞에 영웅이 없고, 세상이 돈짝만 하여 내가 내노라하고 도리질치더라도 그 사람더러 정치를 물으면 모른다, 법률을 물으면 모른다, 철학·화학·이학을 물으면 모르노라, 농학·상학·공학을 물으면 모르노라 하더라. 그러면 우리 대종교(大倧敎, 우리나라의 고유 종교)와 공부자(孔夫子) 도학의 성질은 어떠하냐 묻게 되면, 그 신성하신 진리는 모르고 다만 아노라 하는 것은 '공자님은 꿇어 앉으셨지', '공자님은 광수의(廣袖衣, 소매가 넓은 옷)를 입으셨지' 하면서 가장 도통을 이은 듯이 여기니, 다만 광수의만 입고 꿇어만 앉았으면 사람마다 천만 년 종교 부자가 되오리까?

공자님은 춤도 추시고 노래도 하시고 풍류도 하시고 선비도 되시고 문장도 되시고, 장수가 되셔도 가하고 정승이 되셔도 가하고 천자도 가히 되실 신성하신 우리 공부자님을, 어찌하여 속은 컴컴하고 외양만 번지르르한 위인들이 광수의만 입고 꿇어만 앉아 공자님 도학이 이뿐이라고 고담준론(高談峻論, 뜻이 높고 바른 말)을 합니까? 이렇게 하여야 집을 보존하고 인군을 섬긴다 하여 자기 자손뿐 아니라 남의 자제까지 연골(軟骨, 연약 체질)에 버려 골생원님이 되게 하니, 그런 자들은 종교에 난적(亂賊)이요, 교육에 공적(公敵)이라. 공자님께서 대단히 욕보셨소. 설사 공자님이 생존하셨을지라도 오히려 북을 울려 그자들을 벌하셨으리라.

그만도 못한, 승부꾼이라 일차꾼이라 하는 자는 천시도 모르고 지리도 모르고, 다만 의취(意趣, 의지와 취향) 없는 강남풍월(江南風月)한 것이 여러 해이라. 뜻도 모르는 것은 '원(元)코 형(亨)코(《주역(周易)》의 첫 대목인 원형이정(元亨利貞)을 가리킴)' 라 하여 국가가 수용하는 인재 노릇을 하였으니 그렇고야 어찌 나라가 이 지경이 아니 되겠소? 대체 글을 무엇에 쓰자고 읽소? 사리를 통하려고 읽는 것인데 내 나라 지지(地誌)와 역사(歷史)를 모르고서 《제갈량전》과 《비사맥(비스마르크)전》을 천만 번이나 읽은들 현금(現今) 비참한 지경을 면하겠소? 일본 학교 교과서를 보시오. 소학교 교과하는 것은 당초에 대한이라, 청국이라 하는 말도 없이 다만 자국 인물이 어떠하고 자국 지리가 어떠하다 하여 자국 정신이 굳은 후에 비로소 만국 역사와 만국 지지를 가르침이라. 그런고로 남녀 물론하고 자국에는 보통 지식 없는 자가 없어 오늘날 저러한 큰 세력을 얻어 나라의 영광을 내었소.

우리나라 남자들은 거룩하고 고명한 학문이 있는 듯하나 우리 여자 사회에야 그 썩고 냄새나는 천지현황(天地玄黃, 천자문(千字文)의 첫머리) 글자라도 아는 사람이 몇이나 되오? 남자들도 응당 귀도 있고 눈도 있으리니, 타국 남자와 같이 학문을 힘쓰려니와 우리 여자도 타국 여자와 같이 지식이 있어야 우리 대한 삼천리 강토도 보전하고, 우리 여자 누백 년 금수도 면하리라. 지식을 넓히려면 하필 어렵고 어려운, 십 년 이십 년 배워도 천치를 면치 못할 학문이 쓸데 있소? 불가불 자국 교과를 힘써야 되겠다 합니다."

(국란) "아니오, 우리나라가 가뜩 무식한데 그나마 한문도 없어지면 수모(水母, 해파리) 세계를 만들려오? 수모란 것은 눈이 없이 새우를 따라다니면서 새우 눈을 제 눈같이 아니 수모 세계가 되면 새우는 어디 있나, 아니 될 말이오. 졸지에 한문을 없애고 국문에만 힘쓰면 무슨 별 지식이 나리까? 나도 한문을 좋다 하는 것은 아니나 형편으로 말하면 요순(堯舜) 이래 치국평천하(治國平天下, 나라를 잘 다스리고 세상을 평안하게 함)하는 법과 수신제가(修身齊家, 몸과 마음을 수양하고 집안을 다스림)하는 천사만사가 모두 한문에 있으니 졸지에 한문을 없애고 국문만 쓰면, 비유컨대 유리창을 떼어버리고 흙벽 치는 셈이오. 국문은 우리나라 세종대왕께서 만드실 때 적공(積功, 공을 들임)이 대단하셨소. 사신을 여러 번 중국(中國)에 보내어 그 성음 이치를 알아다가 자모음(字母音)을 만드시니, 반절(反切, 두 자의 한문 음을 한 소리로 만드는 법)이 그것이오.

우리 세종대왕 근로하신 성덕은 다 말씀할 수 없거니와 반절 몇 줄에 나랏돈도 많이 들었소. 그렇건마는 백성들은 죽도록 한문자만 숭상하고 국문은 버려두어서 암글(여자의 글을 낮추는 말)이라 지목하여 부인이나 천인이 배우되 반절만

깨우치면 다시 읽을 것이 없으니 보는 것은 다만 《춘향전》·《심청전》·《홍길동전》 등 뿐이라. 《춘향전》을 보면 정치를 알겠고, 《심청전》을 보고 법률을 알겠고, 《홍길동전》을 보아 도덕(道德)을 알겠소. 말할진대 《춘향전》은 음탕 교과서요, 《심청전》은 처량 교과서요, 《홍길동전》은 허황 교과서라 할 것이니, 국민을 음탕 교과로 가르치면 어찌 풍속이 아름다우며, 처량 교과로 가르치면 장진지망(長進之望, 큰 희망)이 있으며, 허황 교과서로 가르치면 어찌 정대(正大)한 기상이 있으리까?

우리나라 난봉 남자와 음탕한 여자의 제반악징(惡徵)이 다 이에서 나오니 그 영향이 어떠하오? 혹 변명하려면 '《춘향전》을 누가 가르쳤나, 《심청전》을 누가 배우라나, 《홍길동전》을 누가 읽으라나.' 할 것이라. 비록 읽으라 할지라도 다 제게 달렸지 할 터이나, 이것이 가르친 것보다 더하지, 휘문의 숙 같은 수층 양옥과 보성학교 같은 넓은 교정에 칠판, 괘종, 책상, 걸상을 벌여놓고 고명한 교사를 월급 주어 가르치는 것보다 더 심하오. 그것은 구역과 시간이나 있거니와 이것은 구역도 없고 시간도 없이 전국 남녀들이 자유권으로 틈틈이 보고 곳곳이 읽으니 그 좋은 몇백만 청년을 음탕하고 처량하고 허황한 구멍에 쓸어 묻는단 말이오? 그러나 그뿐이오? 혹 기도하면 아이를 낳는다, 혹 산신이 강림하여 복을 준다, 혹 면례(무덤을 옮김)를 잘하여 부귀를 얻는다, 혹 불공하여 재액을 막는다, 혹 돌구멍에서 용마가 났다, 혹 신선이 학을 타고 논다, 혹 최판관이 붓을 들고 앉았다 하는 제반악징의 괴괴망측한 말을 다 국문으로 기록하여 출판한 판책도 많고 등출(謄出, 책을 베낌)한 세책(貰冊, 책을 빌림)도 많아 경향 각처에 불똥 튀어 박히듯 없는 집이 없으니 그것도 오거서(五車書, 다섯 수레에 실을 만한 책)라 평생을 보아도 못다 보오.

그 책을 나도 여간 보았거니와 좋은 종이에 주옥같은 글씨로 세세성문하여 혹 2, 3권 혹 수십여 권 되는 것이 많고 백권 내외 되는 것도 있으니, 그 자본은 얼마나 적겠으며 그 세월은 얼마나 허비하였겠소? 백해무리(百害無理, 도리나 이치에 해로운 일)한 그 책을 값을 주고 사며 세를 주고 얻어보니 그 돈은 헛돈이 아니오?

국문 폐단은 그러하지마는 지금 금운씨의 말과 같이 한문을 전폐하고 국문만 쓸진대 《춘향전》·《심청전》·《홍길동전》이 되겠소. 괴악망측한 소설이 제자백가(諸子百家, 춘추 전국시대 여러 학파)가 되겠소. 그는 다 나의 분격한 말이라. 나도 항상 말하기를, 자국 정신을 보존하려면 국문을 써야 되겠다 하지마는 그 방법은 졸지에 계획할 수 없습니다. 가령 남의 큰 집에 들었다가 그 집이 본래 남의 집이라 믿음성이 없다 하고 떠나려면, 한편으로 차차 재목을 준비하고 목수 ·

석수를 불러 시역(始役)할새, 먼저 배산임수(背山臨水, 산을 등지고 물을 바라봄) 좋은 곳에 터를 닦아 모월 모일 모시에 입주하더라. 일대 문장가에게 상량문(上樑文, 기둥을 세울 때 쓰는 축원문)을 받아 아랑위 아랑위 하는 소리에 수십 척 들보를 높이 얹고 정당(正堂) 몇 칸, 침실 몇 칸, 행랑 몇 칸을 예산대로 세워놓으니, 차방·다락 조밀(稠密)하고 도배 장판 정쇄(精灑)한데, 우리나라 효자 열녀의 좋은 말씀을 문장 명필의 고명한 솜씨로 기록하여 부벽(付壁, 벽에 붙이는 글씨나 그림), 주련(柱聯, 벽에 붙이는 장식)으로 여기저기 붙이고 나도 내 집 사랑한다는 대자 현판을 정당에 높이 달았소. 그제야 세간 집물(什物, 살림 기구)을 옮겨다가 쌓을 데 쌓고 놓을 데 놓아 질자배기 부지깽이 한 개라도 서실(물건을 잃어버림)이 없어야 이사하는 해가 없나니, 만일 옛집을 남의 집이라 하여 졸지에 몸만 나오든지 세간 집물을 한데 내어놓든지 하고 그 집을 비워 주인에게 맡기면 어디로 가자는 말이오?

우리나라 국문은 미상불(未嘗不, 그렇지 않은) 좋은 글이나 닦달 아니 한 재목과 같으니 만일 한문을 버리고 국문만 쓰려면 한문에 있는 천만 사와 천만 법을 국문으로 번역하여 유루(遺漏, 새어 나감)한 것이 없는 연후에 서서히 한문을 폐하여 지나 사람을 되주든지 우리가 휴지로 쓰든지 하오. 그제야 국문을 가위(可謂) 글이라 할 것이니, 이 일을 예산한즉 오십 년 가량이라야 성공하겠소. 만일 졸지에 한문을 없이 하려면 남의 집이라고 몸만 나오는 것과 무엇이 다르오? 남의 집은 주인이 있어 혹 내어놓으라고 독촉도 하려니와 한문이야 누가 내어놓으라 하는 말이 있소? 서서히 형편을 보아 폐지함이 가할 것이오. 국문만 쓸지라도 옛날 보던 《춘향전》이니 《홍길동전》이니 《심청전》이니 그 외에 여러 가지 음담패설(淫談悖說)을 다 엄금하여야 국문에 영향이 정대하고 광명한지라. 그렇지 못하면 수천 년 숭상하던 한문만 잃어버리리니, 정대한 국문만 쓸진대 누가 편리치 않다 하오리까?

가령 한문의 부자군신이 국문의 부자군신과 경중이 있소? 국문의 백 냥 천 냥이 한문의 백 냥 천 냥과 다소가 있소? 국문으로 패독산(敗毒散, 감기 몸살 약) 방문(方文)을 내어도 발산되기는 일반이요, 국문으로 삼해주(三亥酒, 술의 종류) 방법을 빙거(憑據, 사실을 증명할 근거)하여도 취하기는 한 모양이오. 국문으로 욕설하면 꺼리지 않겠소? 한문으로 칭찬하면 더 좋아하겠소? 국문의 호랑이도 무섭고, 국문의 원앙새도 어여쁘리라.

국문과 한문이 다름없으나 어찌 우리 여자 권리로 연혁(沿革, 내력)을 확정하리오? 문부(文部) 관리들 참 딱한 것이 국문은 쓰든지 아니 쓰든지, 그 잡담소설이나 금하였으면 좋겠소. 그것 발매(發賣)하는 자들이 투전 장사나 다름없나니 투전은 재물이나 상하려니와 음담소설은 정신조차 버리오. 문부 관리들 그 아니 답답하오? 청년 남녀의 정신 잃는 것을 어찌 차마 앉아 보기만 하오. 학무국은 무슨 일들 하며, 편집국은 무슨 일들 하는지 저런 관리를 믿다가는 배꼽에 노송나무가 나겠소. 우리 여자 사회가 단체하여 문부 관리에게 질문 한번 하여 봅시다."

(매경) "여보, 사회단체가 그리 용이하오? 우리나라 백 년 이하 각항 단체를 내 대강 말하오리다. 관인 사회는 말할 것이 없거니와 종교 사회로 말할지라도 물론 어느 나라하고 종교 없이 어찌 사오? 야만 부락의 코끼리에게 절하는 것과, 태양에게 비는 것과, 불과 물을 위하는 것을 웃기는 웃거니와 그 진리를 연구하면 용혹무괴(容或無怪, 괴이할 것이 없음)이오. 만일 다수의 국민이 겁내는 것도 없고, 귀의할 곳도 없고, 존칭할 것도 없으면, 어찌 국민의 질서가 있겠소? 약육강식하는 금수 세계만도 못하리다.

그런고로 태서(泰西, 서양) 정치가(政治家)에서 남의 나라의 강약 허실을 살피려면 먼저 그 나라 종교 성질을 본다 하니, 그 말이 유리하오. 만일 종교에 귀의할 바가 없으면 비록 인물이 번성하고 토지가 광대한 나라로 군부에 대포가 가득하고, 탁지(度之)에 금전이 가득하고, 공부(工部)에 기계가 가득할지라도 수백 년 전 남미 인종과 다름없으리다.

동서양 종교 수효와 범위를 말씀하건대 회회교·희랍교·토숙탄교·천주교·기독교·불교와 그 외의 여러 교가 각각 범위를 넓혀 세계에 세력을 확장하오. 저 교는 그르다, 이 교는 옳다 하여 경쟁하는 세력이 대포 장창보다 맹렬하니, 그 중에 망하는 나라도 많고 흥하는 사람도 많소.

우리 동양 제일 종교는 세계의 독일무이(獨一無二, 오직 하나 둘도 없는)하시고, 대성 지성(大聖至聖)하신 공부자 아니시오? 그 말씀에 정대한 부자·군신·부부·형제·붕우 따위의 일용상행(日用常行, 일상적인 행동) 하는 일을 의논하여 사람으로 하여금 사람 되는 도리를 가르치시었소. 그 성덕이 거룩하시고 융성하시며 향념(向念)하시는 마음이 일광과 같아 남녀 귀천 없이 다 비추이건마는 우리나라는 범위를 좁혀서 '남자만 종교를 알지 여자는 모를 게라, 귀인만 종교를 알지 천인은 모를 게라' 하여 대성전(大成殿, 공자를 모신 사당)에 제관 싸움이나 하고 시골 향교에 재임(齋任)이나 팔아먹고 소민(小民)들은 향교 추렴이나 물리니, 공자님의 도를 행하는 것이 무엇이오?

도포나 입고 쌍상투나 틀고, 혁대와 중영이나 달고 꿇어앉아서 마음이 어떠한 것이라, 성품이 어떠한 것이라 하더라. 진리는 모르고 주워들은 것을 풍월같이 지껄이면서 이만하면 수신제가도 자족하지, 치국평천하도 자족하지, 세상도 한심하지, 나 같은 도학군자를 아니 쓴다네. 이렇다 하여 백 가지로 개탄하다가 혹 세도 재상에게 소개하여 제주(祭酒, 고려시대 관직), 찬선(贊善, 조선시대 관직)으로 초선(抄選, 임명이나 뽑힘)이나 되면 공자님이 당시의 자기로만 알고 도태(淘汰, 불필요한 것을 가려서 버림)를 뽑아 내더라. 그리고 괴팍한 위인에 야매한 언론으로 천하대세도 모르고 척양(斥洋, 서양을 배척)합시다, 척왜(斥倭, 왜국을 배척)합시다, 하고 요명(要名)차로 눈치 보아가며 상소나 한두 번 하여 시골 선배의 칭찬이나 듣는 것이 대욕소관(大慾所關, 큰 욕망)이지.

옛적 정자산의 외교 수단을 공자님도 칭찬하셨으니, 공자님은 척화(斥和, 화친을 배척함)를 모르시오. 척화도 형편대로 하는 것이지 붓끝으로만 척화, 척화 하면 척화가 되오? 또 고상하다 자칭하는 자는 당초 사직(辭職)으로 장기(長技)를 삼아 나라가 내게 무슨 상관 있나, 백성이 내게 무슨 이해가 있나, 독선기신(獨善其身, 자기 한 몸의 처신을 온전하게 함)이 제일이지, 자질(子姪, 아들과 조카)도 이렇게 가르치고 문인도 이렇게 어거(거느려서 바른길로 나아가게 함)하니라. 혹 총명 재자(聰明才子, 영리한 사람)가 있어 각국 문명을 흠선(欽羨, 공경하고 부러워함)하여 정치가 어떠하다, 법률이 어떠하다, 교육이 어떠하다, 언론을 하더라. 그러면 자세히 들지는 아니하고 돌려세우고 고담준론(高談峻論, 고상하고 준엄한 이야기)으로 아무 집 자식도 버렸다, 그 조상도 불쌍하다 하여 문인자제를 엄하게 신칙(타일러서 경계함)하되 아무개와 상종을 말라, 그 말을 들으려면 너희도 내 눈앞에 보이지 말라 하니, 우리 이천만 인이 다 그 사람의 제자 되면 나라꼴은 잘 될 것이오.

그만도 못한 시골고라리(어리석고 고집이 센 사람) 사회는 더구나 장관이지. 공자님 성씨가 누구신지요, 휘(諱, 작고한 어른을 지칭)자가 무엇인지 알지도 못하는 인류들이 향교와 서원은 자기들의 밥자리로 알고 '사돈 여보게, 출표하러 가세. 생질 너도 술 먹으러 오너라. 돼지나 잡았는지. 개장국도 꽤 먹겠네. 수복아, 추렴(出斂, 각각 돈을 나누어 냄) 통문 놓아라. 고직아, 특별히 닦아라. 아무개 문필은 똑똑하지마는 지체가 나빠 봉향 감 못 되어, 아무는 무식하지마는 세력을 생각하면 대축(大祝, 축문을 읽는 사람)이야 갈 데 있나? 명륜당(明倫堂)이 견고하여 술주정 좀 하여도 무너질 바 없지. 교궁(校宮, 향교의 별칭)은 이렇게 위하여야 종교를 밝히지. 아무 골 향교(鄕校)에는 학교를 설시하였다 하고, 아무 골 향교 전답을 학교에 붙였다 하니, 그 골에는 사람의 새끼 같은 것이 하나도 없으니 그러한 변이 어디 또 있나? 아무 골 향족이 명륜당에 앉았다니 그 마룻장은 대패질을 하여라, 아무

집 일명(逸名, 서얼)이 색장(色掌, 성균관의 간부)을 붙었다니 그 재판(두꺼운 종이)을 수세미질이나 하여라.' 하여, 종교라는 종자는 무슨 종자며, 교자는 무슨 교자인지 착착 접어 먼지 속에 파묻고 싸우느니 양반이요, 다투느니 재물이라. 이것이 우리 신성하신 대종교라 하오. 한심하고 통곡할 만도 하오. 종교가 이렇듯 부패하니 국세가 어찌 강성하겠소?

학교와 서원 성질을 말하리다. 서원은 소학교 자격이요, 향교는 중학교 자격이요, 태학은 대학교 자격이라. 서원은 선현의 화상(先賢畵像, 조상의 초상화)을 봉안하여 소학 동자로 하여금 자국 인물을 기념케 함이요, 향교에는 대성인 위패를 봉안하여 중학 학생으로 하여금 종교를 경앙케 함이요, 태학에는 예악 문물을 더 융성(크게 번창)히 하여 태학 학생으로 하여금 종교 사상을 더욱 견고케 함이니, 어찌 다만 제사만 소중하다 하여 사당집과 일반으로 돌려보내리오? 교육을 주장하는 고로 향교와 서원을 당초에 설시하였고, 종교를 귀중히 하는 고로 대성인과 명현을 뫼셨고, 성현을 뫼신 고로 제례를 행하나니 교육과 종교는 주체가 되고 제사는 객체가 되거늘, 근래에는 주체는 없어지고 객체만 숭상하니 어찌 열성조(列聖朝, 선대(代) 임금의 시대)의 설시하신 본의라 하리오?

제사만 위한다 할진대 태묘도 한 곳뿐이거늘 아무리 성인을 존봉(尊奉)할지라도 어찌 삼백육십여 군의 골골마다 향화(香火, 제사 때 향을 피움)를 받드리까? 저 무식한 자들이 교육과 종교는 버리고 제사만 위중하다 한들 성현의 마음이 어찌 편안하시리까? 종교에야 어찌 귀천과 남녀가 다르겠소? 지금이라도 종교를 위하려면 성현경전(聖賢經典, 성현의 말이나 행실을 적은 책)을 알아보기 쉽도록 국문으로 번역하여 거리거리 연설하고, 성묘와 서원에 무애(無碍, 막힘이나 거침이 없음)히 농용(弄用)하며, 가령 제사로 말할지라도 귀인은 귀인 예복으로 참사(參祀, 제사 참여)하고, 천인은 천인 의관으로 참사하고, 여자는 여자 의복으로 참사하여 '너도 공자님 제자, 나도 공자님 제자 되기 일반이라.' 하면 종교 범위도 넓고, 사회단체도 굳으리다.

또 사회의 폐습을 말할진대 확실한 단체는 못 보겠습니다. 상업 사회는 에누리 사회요, 공장 사회는 날림 사회요, 농업 사회는 야매(뒷거래) 사회라, 진실하고 기묘하여 외국 문명을 당할 것은 하나도 없으니 무슨 단체가 되겠소. 근래 신교육 사회는 구교육 사회보다는 낫다 하나 불심상원(不甚相遠, 틀리지 않음)이오.

관·공립은 화욕 학교라 실상은 없고 문구뿐이요, 각처 사립은 단명 학교라 기본이 없어 번차례로 폐지할 뿐 이라. 더욱이 물론 아무 학교든지 그중에 열심히 한다는 교장이니 찬성장이니 하는 임원더러 묻되, '이 학교에 제갈량과 이순신과 비사맥과 격란사돈(난리 중 혼인으로 맺어진 관계) 같은 인재를 교육하여 일후의 국가 대사를 경륜하려오?' 하면 답하는 이는 열에 한둘도 없소. 또 묻되 '이 학교에 인재 성취는 이다음 일이요, 교육 사회에 명예나 취하려오?' 하면 열에 칠팔이 더 되니 그 성의가 그러하고야 어찌 장구히 유지하겠소? 교원·강사도 한만(閑漫, 한가하고 느긋함)한 출입을 아니 하고 시간을 지키어 왕래한다하니 그 열심은 거룩하오. 공익을 위함인지, 명예를 위함인지, 월급을 위함인지, 명예도 아니요, 월급도 아니요, 실로 공익만 위한다 하는 자 몇이나 되겠소?

공·사·관립을 물론하고 여러 학생들에게 묻되, '학문을 힘써 일후에 사환(仕宦, 벼슬)을 하든지, 일신 쾌락을 희망하든지, 국가에 몸을 바치는 정신 얻기를 주의하든지 하겠느냐?' 하게 되면, 대·중·소학교 몇만 명 학도 중에 국가 정신이라고 대답하는 자 몇몇이나 되겠소?

또 여자교육회니 여학교니 하는 것도 권리 없고 자본 없는 부인에게만 맡겨두니 어찌 흥왕하리오? 물론 어느 사회라고 이익만 위하고 좀 낫다는 자는 명예만 위하지, 진실한 성심으로 나라를 위하여 이것을 한다든지, 백성을 위하여 이것을 한다는 자 역시 몇이나 되겠소? 이렇게 교육, 교육 할지라도 십 년 이십 년에 영향이 드러나니 그중에도 몇 사람이야 열심 있고 성의 있어 시사(時事)를 통곡할 자가 있겠지오마는 단체 효력을 오히려 못 보거든 하물며 우리 여자에 무슨 단체가 조직되겠소. 아직 가정의 여러 자녀를 잘 가르치고 정분 있는 여자들에게 서로 권고하여 십 인이 모이고 이십 인이 모여 차차 단정히 설립하여야 사회든지 교육이든지 하여 보지, 졸지에 몇백 명 몇천 명을 모아도 실효가 없어 일상 남자 사회만 못하리다."

(설헌) "그러하오마는 세상일이 어찌 아무것도 아니 하고 앉아서 기다리기만 하리까? 여보, 우리 여자 몇몇이 지껄이는 것이 풀벌레 같을지라도 몇 사람이 주창하고 몇 사람이 권고하면 아니 될 일이 어디 있소. 석 달 장마에 한 점 볕은 개일 장본(張本, 일의 발단이 되는 근본)이요, 몇 달 가물에 한 조각 구름은 비 올 장본이니, 우리 몇 사람의 말로 천만 인 사회가 되지 아니할지 뉘 알겠소?

청국 명사 양계초(梁啓超, 중국 사상가)씨 말씀에 하였으되, '대저 사람이 일을 하려면 이기려다가 패함도 있거니와 패할까 염려하여 당초에 하지 아니하면 이는 당초에 패한 사람이라.' 하니, 오늘 시작하여 내일 성공할 일이 우리 팔자에 어디 있겠소. 그러나 우리가 우쭐거려야 우리 자식 손자들이나 행복을 누리지, 일향 우리나라 사람을 부패하다, 무식하다 조롱만 하면 똑똑하고 요요(了了, 눈치가 빠르고 영리함)한 남의 나라 사람이 우리에게 무슨 소용 있소? 우리나라 삼백 년 이전이야 어떠한 정치며 어떠한 문물이었소? 일본이 지금 아무리 문명하다 하여도 범백(여러 사물) 제도를 우리나라에서 많이 배워 갔소. 그 나라 국문도 우리나라 왕인(王仁)씨가 지은 것이니, 근일 우리나라가 부패치 아니한 것은 아니나 단군(壇君)·기자(箕子, 조선의 시조) 이후 수천 년 이래로 어떠한 민족이오?

철학가 말에, 편안한 것이 위태한 근본이라 하니, 우리나라 사람이 기백 년 평안하였은즉 한번 위태한 일이 어찌 없겠소? 또 말하였으되, 무식은 유식의 근원이라 하였으니, 우리나라 사람이 오래 무식하였으니 한번 유식하지 아니할 이유가 있겠소? 가령 남의 집에 가서 보고, '그 집 사람들은 음식도 잘하더라, 의복도 잘하더라, 내 집에서는 의복·음식 솜씨가 저러하지 못하니 무엇에 쓸고?' 하고 가속을 박대하더라도 남의 좋은 의복·음식이 내게 무슨 상관 있소? 차라리 저 음식은 어떠하니 좋지 아니하다, 이 의복은 어떠하니 좋지 아니하다 하여 제도를 자세히 가르쳐서 남의 것과 같이 하는 것만 못하니, 부질없이 내 집안사람만 불만히 여기면 가도(家道, 집안의 도덕이나 규율)가 바로잡힐 리가 있으리까?

《소학》에 가로되, '좋은 사람이 없다 함은 덕 있는 말이 아니라.' 하였으니, 내 나라 사람을 무식하다고 능멸(凌蔑, 업신여겨 깔봄)하여 권고 한마디 없으면 유식하신 매경 씨만 홀로 살으시려오? 여보 여보, 열심을 잃지 말고 어서어서 잡지도 발간, 교과서도 지어서 우리 일천만 여자 동포에게 돌립시다.

우리 여자의 마음이 이러하면 남자도 응당 귀가 있겠지. 십 년 이십 년을 멀다 마오. 살림 어른이 연설꾼 아니 될지 뉘 알며, 향교 재임이 체조 교사 아니 될지 뉘 알겠소? 속담에 이른 말에 '뜬쇠(불에 잘 달지 않는 쇠)가 달면 더 뜨겁다.' 하였소. 지금은 범백 권리가 다 남자에게 있다 하나 영원한 권리는 우리 여자가 차지합시다.

매경씨 말씀에, 자녀를 교육하자 함이 진리를 알으시려는 일이오. 우리 여자만 합심하고 자녀를 잘 교육하면 제이세의 문명은 우리 사업이라 할 수 있소. 자식 기르는 방법을 대강 말하오리다.

자식을 낳은 후에 가르칠 뿐 아니라 뱃속에서부터 가르친다 하였으니, 그런고로 《예기》에 태육법을 자세히 말하였으되, '부인이 잉태하매 돗자리가 바르지 아니하거든 앉지 아니하며, 벤 것이 바르지 아니하거든 먹지 말라.' 하였으니, 그 앉는 돗자리, 먹는 음식이 뱃덩이에 무슨 상관이 있겠소마는 바른 도리로만 행하여 마음에 잊지 말라 함이오. 의원의 말에도 자식 밴 부인은 잡것을 먹지 말라 하고, 음식에서 차고 더운 것을 평균케 하고 배를 항상 덥게 하고, 당삭(當朔, 애를 낳을 달이 됨)하거든 약간 노동하여야 순산한다 하였소.

뱃속에서도 이렇게 조심하거든 나온 후에 어찌 범연히 양육하오리까?

제가 비록 지각이 없을 때라도 어찌 그 앞에서 터럭만치 그른 일을 행하겠소? 밥 먹는 법, 잠자는 법, 말하는 법, 걸음 걷는 법 등, 일동일정(一動一靜)을 가르치되, 속이지 아니함을 주장하여 정대한 성품을 양육한즉 대인군자(大人君子)가 어찌하여 되지 못하리까?

맹자님 모친께서 맹자님 기르실 때에 마침 동편 이웃집에서 돼지를 잡거늘 맹자께서 물으시되, '저 돝(돼지)은 어찌하여 잡나이까?' 맹모 희롱으로 '너를 먹이려고 잡는다.' 하셨는데 즉시 후회하시되 '어린아이를 속이는 법을 가르쳤다.' 하고 그 고기를 사다가 먹이신 일이 있고, 맹자 점점 자라실 때 장난이 심하여 산 밑에서 살 때에 상두꾼(상여꾼) 흉내를 내시거늘, 맹모 가라사대 '이곳이 아이 기를 곳이 못 된다.' 하시고, 저자(시장) 근처로 이사하였더니, 맹자께서 또 물건 매매(賣買)하는 형용을 지으시니, 맹모 또 집을 떠나 학궁(學

宮, 학교. 서당) 곁에 거하시매 그제서야 맹자 예절 있는 희롱을 하시는지라 맹모 말씀이, '이는 참 자식 기를 곳이라.' 하시고 가르쳐 만세 아성(亞聖, 공자 다음의 큰 성인이라는 뜻. 맹자를 지칭)이 되셨소. 한 아들을 가르쳐 억조창생(億兆 蒼生, 수많은 백성)에게 무궁한 도학이 미치게 하시니 교육이란 것이 어떠하오? 만일 맹자께서 상두나 메시고 물건이나 팔러 다니셨다면 오늘날 맹자님을 누가 알겠소?

《비유요지》라 하는 책에 말하였으되, 서양에 한 부인이 그 아들을 잘 교육하여 그 아들이 장성하여 장사치로 나가거늘 그 부인이 부탁하되, '너는 어디 가든지 남 속이지 아니하는 것으로 공부하라.' 하더라. 그 아들이 대답하고 지화 몇백 원을 옷깃 속에 넣고 행하다가 중로에서 도적을 만나니 그 도적이 묻되 '너는 무슨 업을 하며 무슨 물건을 몸에 지녔느냐?' 하되, 그 아이 대답하되 '나는 장사하는 사람이니 지화 몇백 원이 옷깃 속에 있노라.' 하니, 도적이 그 정직함을 괴이히 여겨 뒤져본즉 과연 있는지라, 당초에 깊이 감추고 당장에 은휘(隱諱, 숨고 피함)치 아니하는 이유를 물은즉 그 사람이 대답하되 '내 모친이 남을 속이지 말라 경계하셨으니 어찌 재물을 위하여 친교(親敎, 부모님의 가르침)를 어기리오?' 도적이 각각 탄복하여 말하되 '너는 효성 있는 사람이라. 우리 같은 자는 어찌 인류라 하리오?' 그 지화를 다시 옷깃에 넣어주고 그 후로는 다시 도적질도 아니 하였다 하였소.

그 부인이 자기 아들을 잘 교육하여 남의 자식까지 도적의 행위를 끊게 하니 교육이라는 것이 어떠하오? 송나라 구양수(歐陽修, 중국 당나라 때 시인)도 과부의 아들로 자라매, 집이 심히 간난(艱難, 가난)하여 서책과 필묵이 없거늘, 그 모친이 갈대로 땅을 그어 글을 가르쳐 만고문장이 되었고, 우리나라 퇴계 이선생도 어릴 때 그 모친이 말씀하되 '내 일찍 과부 되어 너희 형제만 있으니 공부를 잘하라, 세상 사람이 과부의 자식은 사귀지 아니한다 하니 너희는 그 근심을 면하게 하라.' 하고, 평상시에 무슨 물건을 보면 이치를 가르치며 아무 일이고 당하면 사리를 분석하여 순순히 교훈하시어 동방공자(東邦孔子, 우리나라 높은 사람의 아들)가 되셨으니 교육이라는 것이 어떠하오?

예로부터 교육은 어머니께 받는 일이 많으니 우리도 자식을 그런 성력(誠力)과 그런 방법으로 교육하게 되면 그 영향이 어떠하겠소? 우리 여자 사회에 큰 사업이 이에서 더한 일이 있겠소? 여러분 여자들, 지금 남자와 지금 여자를 조롱 말고 이다음 남자와 이다음 여자나 교육 좀 잘하여 봅시다."

(국란) "그 말씀 대단히 좋소. 자식 기르는 법과 가르치는 공효(功效, 보람이나 효과)를 많이 말씀하셨으나 자식 사랑

하는 이유가 미진한 고로 여러분 들으시기 위하여 그 진리를 말씀하오리다. 세상 사람들이 자식을 사랑한다 하나 실상은 자기 일신을 사랑함이니, 자식이 나매 좋아하고 기뻐하는 마음을 궁구(깊이 연구)하면, 필경(반드시)은 '저 자식이 있으니 내 몸이 의탁할 곳이 있으며, 내 자식이 자라니 내 몸 봉양할 자가 있도다.' 하고, 혹 자식이 병이 들면 근심하고, 혹 자식이 불행하면 설워하니, 근심하고 설워하는 마음을 궁구하면 필경은 '내 자식이 병들었으니 누가 나를 봉양하며, 내 자식이 없었으니 내가 누구를 의탁하리요?' 하나, 그 마음이 하나도 자식을 위한다는 자도 없고 국가를 위한다는 자도 없으니 사람마다 자식 자식 하여도 진리는 실상 모릅디다. 자식의 효도를 받는 것이 어찌 내 몸만 잘 봉양하면 효도라 하리오? 증자(曾子, 노나라 사상가) 말씀에 인군을 잘못 섬겨도 효가 아니요, 전장에서 용맹이 없어도 효가 아니라 하셨으니, 이 말씀을 생각하면 자식이라는 것이 내 몸만 위하여 난 것이 아니오, 실로 나라를 위하여 생긴 것이니 자식을 공물(公物)이라 하여도 합당하오.

혹 모르는 사람은 이 말을 들으면 필경 대경소괴(大驚小怪, 몹시 놀람)하여 말하되, '실로 그러할진대 누가 자식 있다고 좋아하며 자식 없다고 설워하리오?' 하더라. 청국 강남해 말에, '대동 세계에는 자식 못 낳은 여자는 벌이 있다.' 하더니, 과연 벌하기 전에야 생산하려는 자가 있겠소? 혹 생산하더라도 내 몸은 봉양하여주지 아니하고 국가만 위하여 교육을 받으라 하겠소? 이러한 말이 널리 들리면 윤리상에 대단히 불행하겠다 하여 중언부언(重言復言, 이미 한 말을 자꾸 되풀이함)할 터이지마는, 지금 내 말이 윤리상의 불행함이 아니라 매우 다행하오리다.

자식을 공물로 인정하더라도 그렇지 아니한 소이연(所以然, 그런 까닭)이 있으니, 가령 우마를 공물이라 하면 농업가와 상업가에서 우마를 부리지 아니하리까? 저 집에 우마가 있으면 내 집에 없어도 관계가 없다 하여 사람마다 마음이 그러하면 우마가 이미 절종되었을 터이나, 비록 공물이라도 우마가 있어야 농업과 상업에 낭패가 없은즉 자식은 공물이라고, 있는 것을 귀히 여기지 아니하리오? 기왕 자식이 있는 이상에는 공물이라고 교육 아니 하다가는 참말 윤리에 불행한 일이오. 가령 어부가 동무를 연합하여 고기를 잡되 남의 그물에 걸린 것이 내 그물에 걸린 것만 못하다 하니, 국가 대사업을 바라는 마음은 같으나 어찌 남의 자식 성취한 것이 내 자식 성취한 것만 하오리까? 그러한즉 불가불 자식을 교육할 것이요, 자식이 나서 나라의 사업을 성취하고 국민에 이익을 끼치면 그 부모는 어찌 영광이 없으리까?

옛날 사파달(斯巴達)이라 하는 땅에 한 노파가 여덟 아들을 낳아서 교육을 잘하여 여덟이 다 전쟁에 갔다가 죽은지라, 그 살아 돌아오는 사람더러 묻되 '이번 전쟁에 승부가 어떠한고?' 그 사람이 대답하되 '전쟁은 이기었으나, 노인의 여러 아들은 다 불행하였나이다.' 하거늘, 노구(老軀) 즉시 일어나 춤을 추며 노래를 불러 가로되 '사파달아, 사파달아, 내 너를 위하여 아들 여덟을 낳도다.' 하고 슬퍼하는 빛이 없으니, 그 노구가 참 자식을 공물로 인정하는 사람이니, 그는 생산도 잘하고 교육도 잘하고 영광도 대단하오이다.

우리나라 사람들이 자식의 진리를 몇이나 알겠소? 제일 가관인 일이, 정처(正妻)에 자식이 없어도 첩의 소생은 비록 여룡여호(如龍如虎)하여 문장은 이태백(당나라 시인 이백)이요, 풍채는 두목지(杜牧之, 당나라 시인)요, 사업은 비사맥이라도 서자(庶子)라, 얼자(蘖子)라 하여 버려두고 정도 없고 눈에도 서투른 남의 자식을 솔양(率養, 양자)하여 아들이라 하는 것이 무슨 일이오?

성인의 법제가 어찌 그같이 효박(淆薄, 야박함)할 이유가 있으리까? 적서(嫡庶, 적자와 서자)라는 말씀은 있으나 근래 적서와는 대단히 다르오. 정처의 소생이라도 장자 다음에는 다 서자라 하거늘, 우리나라는 남의 정처 소생을 서자라 하면 대단히 날뛰겠소. 양자법(친자법)으로 말할지라도 적서에 자녀가 하나도 없어야 양자를 하거늘 서자라 버리고 남의 자식을 솔양하니 하나도 성인의 법제는 아니오. 자식을 부모가 이같이 대우하니 어찌 세상에서 대우를 받겠소?

그 서자이니 얼자이니 하는 총중(叢中, 무리들) 가운데 영웅이 몇몇이며, 문장이 몇몇이며, 도덕군자(道德君子)가 몇몇인지 누가 알겠소. 그 사람도 원통하거니와 나랏일이야 더구나 말할 것이 있소. 남의 나라 사람도 고문(顧問, 의견을 물음)이니, 보좌(補佐)니 쓰는 법도 있거든, 우리나라 사람에 무엇을 그리 많이 고르는지, 이성호(李星湖, 이조 영조 때 학자. 이익)는 적서등분을 혁파(革罷, 묵은 제도를 없앰)하자, 서북 사람을 통용하자 하여 열심으로 의론하였고, 조은당의 부인 김씨는 자제를 경계하되, 너희가 서모를 경대(敬待, 공경하여 대접함)하지 아니하니 어찌 인사(人士)라 하리오? 아비의 계집은 다 어미라 하셨나니 이 두 말씀이 몇백 년 전에 주창(主唱)하였으니 그 아니 고명하오?

또 남의 후취로 들어가서 전처소생에게 험히 구는 자 있으니 그것은 무슨 지각이오? 아무리 나의 소생은 아니나 남편의 자식은 분명하니 양자보다는 매우 긴절(緊切, 매우 절실하다)하오. 사람에 전조모(돌아가신 할머니)와 후조모(할아버지의 후처)라 하여 자손의 마음에 후박(厚薄, 땅의 비옥함과 척박함)이 있으리까. 그렇건마는 몰지각한 후취 부인들은 내 속으로 낳지 아니하였으니 내 자식이 아니라 하여 동네 아이만도 못하고 종의 자식만도 못하게 대우하니 어찌 그리 박정하고 무식하오? 아무리 원수 같은 자식이라도 내 몸이 늙어지면 소생 자식 열보다 나으며, 그 손자로 말할지라도 큰 자식의 손자가 소생 손자 열보다 낫지 아니하오?

원수같이 알고 도척(중국의 큰 도적)같이 알던 그 자식, 그 손자가 일후에 만반진수(滿盤珍羞, 소반에 가득 찬 맛있는 음식)를 차려놓고, '유세차(維歲次, 축문 서두에 쓰는 말) 효자 모 효손 모는 감소고우(敢昭告于, 축문에 쓰는 말) 현비 현조비 모봉 모씨'라 하면 아마 혼령이라도 무안하겠지. 또 자식을 기왕 공물로 인정할진대 내 소생만 공물이요, 전처소생은 공물이 아니겠소? 아무리 전처 자식이라도 잘 교육하여 국가의 대사업을 성취하면 그 영광이 아마 못생긴 소생 자식보다 얼마쯤 유조(有助, 도움)하리니, 이 말씀을 우리 여자 사회에 공포하여 그 소위 서자이니, 전처 자식이니 하는 악습을 다 개량하여 윤리상 영원한 행복을 누리게 합시다."

(매경) "자식의 진리를 자세히 말씀하셨으나 그 범위는 대단히 넓다고는 못 하겠소. 기왕 자식을 공물이라 말씀하셨으면 공물이 많아야 좋겠소, 공물이 적어야 좋겠소? 공물이 많아야 좋다 할진대 어찌 서자이니 전처소생이니 그것만 공물이라 하여도 역시 사정(私情)이올시다. 비록 종의 자식이나 거지의 자식이라도 우리나라 공물은 일반이거늘, 소위 양반

이니 중인이니 상한(常漢, 상인)이니 서울이니 시골이니 하여 서로 보기를 타국 사람같이 하니 단체가 성립할 날이 어찌 있겠소? 또 서북으로 말할지라도 몇백 년을 나라 땅에 생장하기는 일반이거늘, 그 사람 중에 재상이 있겠소, 도학군자가 있겠소? 천향(賤鄉, 풍속이 지저분한 시골)이라 하여도 가하니, 그 사람 중에 진개(眞個, 과연 참으로) 재상 재목과 도학군자 자격이 없는 것이 아니라 재상의 교육과 군자의 학문이 없음인지라, 몇백 년 좋은 공물을 다 버리고 쓰지 아니하였으니 어찌 나라가 왕성하오리까?

이성호 말씀에 '반상(班常)을 타파하자, 서북을 통용하자.' 하여 수천 마디 말을 반복 의론하였으나, 무효가 되었으니 어찌 한심치 아니하겠소? 평안도의 심의 도사 오세양씨는 그 학문이 우리 동방에 드문 군자라. 그 학설과 이설을 대단히 발표하였건마는 서원도 없고 문집도 없이 초목과 같이 썩어진 일이 그 아니 원통한가?

그 정책은 다름 아니라 서북은 인재가 속출하니 기호(畿湖, 우리나라의 서쪽 중앙부)와 같이 교육하면 사환(仕宦, 벼슬) 권리를 다 빼앗긴다 하니 그러한 좁은 말이 어디 있겠소? 사환이라는 것은 백성을 대표한 자인즉 백성보다 지식이 고등한 자이라야 참여하나니 아무쪼록 내 지식을 넓혀서 할 것이지, 남의 지식을 막고 나만 못하도록 하면 어찌 천도(天道)가

무심하오리까? 철학 박사의 말에, '차라리 제 나라 민족에 노예가 대대로 될지언정 타국 정부의 보호는 아니 받는다' 하였으니, 그 말을 생각하면 이러한 일과는 대단히 잘못되었소.

또 반상으로 말할지라도 그렇게 심한 일이 어디 있겠소? 어찌하다가 한번 상놈이라 패호(敗戶, 집안이 망함)하면 비록 영웅·열사가 있을지라도 자자손손이 상놈이라 하대당하니 그 같은 악한 풍속이 어디 있으리까? 그러나 한번 상사람 된 족속은 도저히 인재 나기가 어려우니, 가령 서울 사람이라 해도 그 실상은 태반이나 시골 생장(출신)인즉 시골 풍속으로 잠깐 말하리다. 그 부모 된 자들이 자식의 나이 칠팔 세만 되면 나무를 하여라, 꼴을 베어라 하여, 초등 교과가 꼬부랑 호미와 낫이요, 중등 교과가 가래와 쇠스랑이요, 대학 교과가 밭갈이와 논갈이요, 외교 수단이 소장사와 등짐꾼이니, 그 총중(무리)중에 비록 금옥 같은 바탕이 있을지라도 어찌 저절로 영웅이 되겠소? 결단코 그중에 주정꾼과 노름꾼 같은 무수한 협잡배(挾雜輩, 옳지 않은 일을 하는 무리)들이 당초에 교육을 받았으면 영웅도 되고 호걸도 되었으리라 하오.

혹 그 부모가 소견이 바늘구멍만치 뚫려 자식을 동네 생원님 학구(學究)방에 보내면 그 선생이 처지를 따라 가르치되 '너는 큰 글하여 무엇 하느냐, 계통문(系統文)이나 보고 취대(取貸, 돈을 빌림)하기나 하면 족하지. 너는 시(詩)·부(賦)·

표(表) · 책(策)을 하여 무엇 하느냐, 《전등신화》나 읽어서 아전(衙前, 지방 관아)질이나 하여라' 하니, 그런 참혹한 일이 어디 있겠소? 입학하던 날부터 장래 목적이 이뿐이요, 선생의 가르침이 이러하니 제갈량, 비사맥 같은 바탕이 있는 몇백만 명이라도 속절없이 전진할 가망이 없겠으니, 이는 소위 양반의 죄뿐 아니라 자기가 공부를 우습게 보아서 그 지경에 빠진 것이오. 옛날 유명한 송귀봉(조선 선조 때 학자)과 서고청은 남의 집 종의 아들로 일대 도학가가 되었고, 정금남(조선 선조 때 충신)은 광주 관비의 아들로 크게 사업을 이루었은즉, 남의 집 종과 외읍 관비보다 더 천한 상놈이 어디 있겠소마는 이 어른들을 누가 감히 존중치 아니하겠소?

그러나 무식한 자들이야 어찌 그러한 사적을 알겠소. 도무지 선지(先知)라 선각(先覺)이라 하는 양반이 교육 아니 한 죄가 대단하오. 물론 아무 나라 하고 상 · 중 · 하등 사회가 없는 것은 아니라. 그러나 국가 질서를 유지하려면 불가불 등급(等級)이 있어야 문란한 일이 없거늘, 우리나라 경장대신(更張大臣, 부패한 양반)들이 양반의 폐(幣)만 생각하고 양반의 공효는 생각지 못하여 졸지에 반상 등급을 벽파(壁破, 깨트림)하라 하니 누가 상쾌치 아니하겠소마는, 국가 질서의 문란은 양반보다 더 심한 것이 많으니 어찌 정치가(政治家)가 수단 있다고 인정하겠소?

지금 형편으로 보면 양반들은 명분 없는 세상에 무슨 일을 조심하리오? 그 행세가 전일 양반만도 못하고 상인들은 '요사이 양반이 어디 있으며, 비록 문장이 된들 무엇 하며 도학이 있은들 무엇 하나?' 하여, 혹 목불식정(目不識丁, 글자를 모름)하고 준준무식(蠢蠢無識, 아는 것이 없음)한 금수 같은 무리들이 제 집에서 제 형을 욕하며, 제 부모에게 불효한다 해도 동네 양반들이 말하면 팔뚝을 뽐내며 하는 말이 '시방 무슨 양반이 따로 있나, 내 자유권을 왜 간섭하는가, 내 자유권을 무슨 걱정이야, 그러다가는 뺨을 칠라, 복장을 지를라.' 하면서 무수(無數, 헤아릴 수 없음)히 질욕(叱辱, 꾸짖으며 욕함)하나 누가 감히 옳다 그르다 말하겠소? 속담에 상두꾼에도 수번이 있고, 초라니(여자 형상의 탈) 탈에도 차례가 있다 하는데, 하물며 전국 사회가 이렇게 문란하여 무슨 질서가 있겠소? 갑오년 경장대신의 정책이 웬 까닭이오? 양반은 양반대로 두고, 학교를 운영하는 임원도 양반이며, 학도의 부형도 양반이며, 학도도 양반이라 하니, 울긋불긋한 고추장 빛으로 학부인이라, 내부인이라 반포하면 전국이 다 양반이 될 일을 어찌하여 양반을 없애야 한다하니, 사천 년 전래하던 습관이 졸지에 잘도 변하겠소. 지금 형편은 어떠하냐 하면 '어기어차 슬슬 당기어라, 네가 못 당기면 내가 당기겠다, 어기어차 슬슬 당기어라?' 하는 이 지경에 한번 큰 승부가 달렸은즉, 노인도 당기고, 소년도 당기고, 새아기씨가 당기어도 이길지 말지 할 일이오.

나도 양반으로 말하면 친정이나 시집이나 삼한갑족(三韓甲族, 대대로 문벌이 높은 집안)이로되, 그것이 다 무슨 쓸데 있소? 우리도 자식을 공물이라 하면 그 소위 서북이니 반상이니 썩고 썩은 말을 다 그만두고 내 나라 청년이면 아무쪼록 교육하여 우리 어렵고 설운 일을 그 어깨에 맡깁시다."

(금운) "작일(昨日, 어제)은 융희(隆熙, 조선 마지막 임금 순종 때 연호) 2년 제일상원(上元, 정월 보름)이니, 달도 예전과 같이 밝고 오곡밥도 예전과 같이 달고, 각색 채소도 예전과 같이 맛나건마는 우리 심사는 왜 이리 불평하오? 어젯밤이 참 유명한 밤이오. 우리나라 풍속에 상원일 밤에 꿈을 잘 꾸면 그해 일 년에 벼슬하는 이는 벼슬을 잘하고, 농사하는 이는 농사를 잘짓고, 장사하는 이는 장사를 잘한다 하니, 꿈이라는 것은 제 욕심대로 꾸어서 혹 일 년, 혹 십 년, 혹 수십 년이라도 필경은 아니 맞는 이유가 없소. 우리 한 노래로 긴 밤 새우지 말고, 대한 융희 2년 상원일에 크나 작으나 꿈 꾼 것을 하나 유루(빠짐)없이 이야기합시다."

(설헌) "그 말씀이 매우 좋소. 나는 어젯밤에 대한제국이 자주독립할 꿈을 꾸었소. '활멸사'라 하는 사회가 있는데 그 사회 중에 두 당파가 있으니, 하나는 '자활당(自活黨)'이라

하여 그 주의인즉, 교육을 확장하고 상공(商工)을 연구하여 신공기를 흡수하며 부패(腐敗) 사상을 타파함에 대포도 무섭지 아니하고 장창도 두렵지 아니하여 국가에 몸을 바치는 사업을 이루고자 하였소. 그 말에 외국 의뢰(依賴, 원조)도 쓸데없고, 한두 명의 영웅이 혹 국권을 만회(挽回)하여도 쓸데없고, 오직 전국 남녀 청년에게 보통 지식이 있어서 자주권을 회복하여야 확실히 완전하다 하였고, '학교도 설시하며 신서적도 발간하여 남이 미쳤다 하든지 못생겼다 하든지 자주권 회복하기에 골몰무가(汨沒舞暇, 다른 일을 생각할 틈이 없음)하나, 그 당파의 수효는 전 사회의 십분지 삼이오. 다른 하나는 '자멸당(自滅黨)'이라 하니 그 주의인즉, 우리나라가 이왕 이 지경에 빠졌으니 제갈공명이 있으면 어찌하며, 격란 사돈이가 있으면 무엇 하나. 십승지지(十勝之地, 열군데 명승지) 어디 있나, 피난이나 갈까 보다.' 필경 세상이 바로잡히면 그때에야 '한림 직각(翰林職閣, 벼슬 이름)을 나 말고 누가하나? 학교는 무엇이야, 우리 마음에는 십대 생원님으로 죽는다 해도 자식을 학교에야 보내고 싶지 않다. 소위 신학문이라는 것은 모두 천주학(天主學)인데 우리네 자식이야 설마 그것이야 배우겠나?'

또 '물리학이니 화학이니 정치학이니 법률학이니, 다 무엇에 쓰는 것인가? 그것을 모를 때에는 세상이 태평하였네. 요사이 같은 세상일수록 어디 좋은 명당자리나 얻어서 부모의 백골을 잘 면례(緬禮, 산소를 이장하는 일)하였으면 자손에 발음(發蔭, 묏자리를 잘 써서 복을 받다)이나 내릴지, 우선 기도나 잘하여야 망하기 전에 집안이나 평안하지, 전곡(錢穀, 돈과 곡식)이 썩어지더라도 학교에 보조는 아니 할 터이야. 바로 도적놈을 주면 매나 아니 맞지, 아무개는 제 집이 어렵다 하면서 학교에 명예 교사를 다닌다지. 남의 자식 가르치기에 어찌 그리 미쳤을까. 글을 읽어라, 수를 놓아라 하는 소리 참 가소롭데. 유식하면 검정콩알(총알)이 아니 들어가나, 운수를 어찌하겠어, 아무것도 할 일 없지. 요대로 앉았다가 죽으면 죽고 살면 사는 것이 제일이라.' 하니, 그 당파의 수효는 십분지 칠이요, 그 회장은 국참정이라는 사람이니, 아무 학회 회장과 흡사하여 얼굴이 풍후(豊厚)하고 수염이 많고, 성품이 순실하여 '이 당파도 좋아, 저 당파도 좋아' 하여 반박(反駁, 반대)이 없어 가부취결(可否取決, 가부를 결정함)만 물었소. 그래서 흥하자 하면 흥하고, 망하자 하면 망하여 회원의 다수만 점검하는데, 그 소수한 자활당이 자멸당을 이기지 못하여 혹 권고도 하며, 혹 질욕도 하며 혹 통곡도 하면서 분주히 왕래하되, 몇 번 통상 회의니 특별 회의니 번번이 동의하다가 부결을 당한지라, 또 국회장에게 무수히 애걸하여 마지막 가부회를 독립관에 개설하고 수만 명이 몰려

가더니 소위 자멸당도 목석(木石)과 금수(禽獸)는 아니라, 자활당의 정대한 언론과 비창한 형용을 보고 서로 기뻐하며 자활주의로 전수가결되매, 그 여러 회원들이 독립가를 부르고 춤을 추며 돌아오는 거동을 보았소."

매경 깔깔 웃으며,

(매경) "나는 어젯밤에 대한제국의 개명할 꿈을 꾸었소. 전국 사람들이 모두 병이 들었다는데, 혹 반신불수(半身不遂, 몸 한쪽을 잘 쓰지 못함)도 있고 혹 수증(水症, 다리가 붓는 병)다리도 있고 혹 내종(內腫, 종양)병도 들고 혹 정충증(불안 증세)도 있고 혹 체증 횟배와 귀먹고 눈멀고 벙어리까지 되어 여러 가지 병으로 집집마다 앓는 소리요, 곳곳이 넘어지는 빛이라, 남녀노소를 물론하고 성한 사람은 하나도 없더라.

마침 한 명의가 하는 말이, '이 병들을 급히 고치지 아니하면 우리 삼천리강산이 빈터만 남으리니 그 아니 통곡할 일이오? 내가 화제(和劑, 한약 처방) 한 장을 낼 것이니 제발 믿으시오.' 하더니 방문을 써서 돌리니, 그 방문 이름은 청심환 골산이니 성경(誠敬)으로 위군(爲君)하고, 정치 · 법률 · 경제 · 산술 · 물리 · 화학 · 농학 · 공학 · 상학 · 지지 · 역사를 각 등분하여 극히 정묘(精妙)하게 국문으로 법제하여 병세 쾌차하도록 무시복(無時服, 수시로 먹음)하되, 병자의 증세를 보아 임시 가감도 하며 대기(大忌, 몹시 싫어함)하기는 주색잡기(酒色雜技)·경박(輕薄)·퇴보(退步)·태타(怠惰, 몹시 게으름) 등이라.

이 방문을 사람마다 베껴다가 시험할새 그 약을 방문대로 잘 먹고 나면 병 낫기는 더할 말이 없고, 또 마음이 청상(淸爽, 맑고 시원하다)해지며 환골탈태(換骨奪胎, 다른 사람이 됨)가 되는데, 매미와 뱀과 같이 묵은 허물을 일제히 벗어 버립니다.

오륙 세 전 아이들은 당초에 벗을 것이 없으나, 팔 세 이상 아이들은 가뭇가뭇한 종잇장 두께만 하고, 십오 세 이상 사람들은 검고 푸르러서 장판 두께만 하고, 삼사십씩 된 사람들은 각색 빛이 얼룩얼룩하여 멍석 두께만 하고, 오륙십 된 사람들은 어룩어룩 두틀두틀하며 또 각색 악취가 촉비(觸鼻, 냄새가 심함)하여 보료 두께만 하여, 남녀노소가 각각 벗을 때 참 대단히 장관입디다. 아이들과 젊은이와, 당초에 무식한 사람들은 벗기가 오히려 쉽고, 조금 유식하다는 사람들과 늙은이들은 벗기가 극히 어려워서, 혹 남이 붙잡아도 주고 혹 가르쳐도 주되, 반쯤 벗다가 기진한 사람도 있고, 따라서 아니 벗으려고 앙탈하다가 그대로 죽는 사람도 왕왕 있습디다.

필경은 그 허물을 다 벗어 옥골선풍(玉骨仙風, 신선 같은 풍체)이 된 후에 그 허물을 주체할 데가 없어서 공론이 불일

(不一)한데, 혹은 이것을 집에 두면 그 냄새에 병이 복발(復發, 재발)하기 쉽다 하고, 혹은 그 냄새는 고사하고 그것을 집에 두면 철모르는 아이들이 장난으로 다시 입어보면 그것이 큰 탈이라 하기도 하며, 혹은 이것을 모두 한곳에 모아 쌓고 그 근처에 사람 다니는 것을 금하면 다시 물들 염려도 없을 터이라.

그러나 그것을 한곳에 모아 쌓은즉 백두산보다도 클 것이니 이러한 조그마한 나라에 백두산이 둘이면 집은 어디 짓고 농사는 어디서 하나. 그것도 못될 말이지 하며 혹은 매미 허물은 선퇴(蟬退)라는 것이니, 혹 간기증(肝氣症)에도 쓰고, 뱀의 허물은 사퇴(蛇退)라는 것이니, 혹 인후증(咽喉症, 목이 붓는 병)에도 쓰거니와, 이 허물은 말하려면 인퇴(人退)라 하겠으나 백 가지에 한 군데 쓸데가 없더라. 그 성질이 육기(肉氣)가 많고 와사(瓦斯, 가스) 냄새가 많아서 동해 바다의 멸치 썩은 것과 방불한즉, 우리나라 같은 척박(瘠薄)한 천지에 거름으로 썼으면 각각 주체하기도 경편하고 또 농사에도 심히 유익하겠다 하니, 그제야 여러 사람들이 그 말을 시행하여, 혹 지게에도 져내고 혹 구루마에 실어내기를 낙역부절(絡繹不絕, 왕래가 잦아 소식이 끊이지 않음)하는 것을 보았소.”

(금운) “나는 어젯밤에 대한제국이 독립할 꿈을 꾸었소. 오

뚝이라는 것은 조그맣게 아이를 만들어 집어 던지면 드러눕지 아니하고 오뚝오뚝 일어서는 고로 이름을 오뚝이라 지었으니, 한문으로 쓰려면 나 오 자, 홀로 독 자, 설 립 자 세 글자를 모아 부르면 오독립(五獨立)이니, 내가 독립하겠다는 의미가 있더라. 또 오뚝이의 사적(事蹟)을 들으니, 옛날 조그마한 동자로 정신이 돌올(突兀, 높이 솟아 우뚝함)하여 일찍 일어선 아이라. 그런고로 후세 사람들이 아이를 낳아서 혹 더디 일어설까 염려하여 오뚝이 모양을 만들어 희롱(장난)감으로 아이들을 주니 그 정신이 오뚝이와 같이 오뚝오뚝 일어서라는 뜻이라. 우리나라 사람들 가운데 오뚝이 정신이 있는 이는 하나도 없은즉, 아이들뿐 아니라 장정 어른들도 오뚝이 정신을 길러서 오뚝이와 같이 오뚝오뚝 일어서기를 배워야 하겠다 하여, 우리 영감 평양 서윤(平壤庶尹, 조선시대 종 4품 벼슬)으로 있을 때에 장만한 수백 석지기 좋은 땅을 방매(放賣, 물건을 팖)하여 오뚝이 상점을 설시하고 각 신문에 영업 광고를 발표하였더니, 과연 오뚝이를 몇 달이 못 되어 다 팔고 큰 이익을 얻어 보았소.”

　(국란) “나는 어젯밤에 대한제국이 천만 년 영구히 안녕할 꿈을 꾸었소. 석가여래(釋迦如來, 석가모니)라 하는 양반이 전신이 황금과 같이 윤택하고 양미간에 큰 점이 박혔고 한 손은 감중련(坎中蓮) 하고 한 손에는 석장(錫杖, 지팡이)을 들

고 높고 빛나는 옥탁자 위에 앉았거늘, 내가 합장배례하고 황공복지(惶恐伏地, 땅에 엎드림)하여 내두의 발원(發願)을 묻는데, 어떠한 신수 좋은 부인 한 분이 곁에 섰다가 책망하기를, '적선한 집에는 경사가 있고, 불선(不善)한 집에는 앙화(殃禍, 재앙)가 있음은 소소(昭昭, 사리가 밝음)한 이치거늘, 어찌 구구이 부처에게 비나뇨? 그대는 적악(積惡, 악한 짓)한 일 없고, 이생에도 부모에게 효도하며, 형제와 우애하며, 투기를 아니 하며, 무당과 소경을 멀리하여 음사 기도(淫祠祈禱, 귀신에게 지내는 제사)를 아니 하고, 전곡(田穀, 밭작물)을 인색히 아니 하여 어려운 사람을 잘 구제하고 학교에나 사회에나 공익상으로 보조를 많이 하였으니, 너는 가위 선녀라 할지라. 그 행복을 누리려면 네 일생뿐 아니라 천만 년이라도 자손을 끊이지 아니하고 부귀공명과 충신 효자를 많이 점지하리라' 하시니, 이 말씀을 미루어 본즉 내 자손이 천만년 부귀를 누릴 지경이면 대한제국도 천만년 안녕하심을 짐작할 일이 아니겠소?"

여러 부인 중에 한 부인이 일어나서 말하되,

"나는 지식이 없어 연(然)하여 담화는 잘 못하거니와 사상이야 어찌 다르며 꿈이야 못 꾸었겠소? 나도 어젯밤에 좋은 몽사(夢事, 꿈에 나타난 일)가 있으나 벌써 닭이 울어 밤이 들었으니 이다음에 이야기하오리다."

그 여학생은 나이 18, 9세쯤 된 듯하며,

신선한 조화로 머리를 장식하고,

자줏빛 하가마(일본 옷의 주름잡은 하의)를 단정하게 입었는데,

그 온아한 태도가 어느 모로 뜯어보든지

천생 귀인의 집 규중(부녀자가 거처하는 곳)에서

고이 기른 작은아씨더라.

— 『추월색』 중에서 —

추월색 秋月色

핵심 정리

갈래 : 신소설, 애정소설

시점 : 1인칭 관찰자 시점

배경 : 20세기 초의 한국 사회

구성 : 개화기 때 남녀 간의 애정과 여성을
　　　　주인공으로 내세우는 신교육관

주제 : 봉건적 인습을 타파하고 비합리적인 사회에 대해
　　　　계몽을 고취

출전 : 회동서관(1912).

최찬식 (崔瓚植 1881-1951) 소설가.

경기도 광주 출신. 본관은 경주(慶州). 자는 찬옥(贊玉), 호는 동초(東樵)·해동초인(海東樵人). 아버지는 언론인인 영년(永年)이며, 어머니는 청송 심씨(青松沈氏)이다. 어릴 때 한학을 공부하여 사서삼경을 배우고, 1897년 아버지가 광주에 설립한 시흥학교(時興學校)에 입학하여 신학문을 공부한 뒤 서울로 올라와 한성 중학교(漢城中學校)에서 수학하였다. 1907년에 중국 상해에서 발행한 소설전집 《설부총서(說部叢書)》를 번역한 뒤 현대소설의 토대가 된 신소설 창작에 몰두하여 〈자선부인회잡지〉 편집인과 〈신문계(新文界)〉, 〈반도시론(半島時論)〉 등의 기자를 역임하고, 1912년 《추월색》, 1914년 《안(雁)의 성(聲)》, 《금강문(金剛門)》, 1916년 《도화원(桃花園)》, 1919년 《능라도(綾羅島)》, 1924년 《춘몽(春夢)》 등 많은 작품을 발표하고 말년에 최익현의 실기를 집필하다가 1951년 병으로 사망하였다.

발표한 작품들은 주로 민족의식이나 자주독립 등의 정치적인 면보다 기구한 남녀의 사랑을 바탕으로 새로운 애정문제, 신교육사상, 민중의 반항, 도덕관념 등을 내세워 시대의식을 반영하여 당대 신문학 개척에 공헌한 이인직, 이해조 등과 함께 선구자적인 인물로 평가된다.

 작품 정리

1912년에 회동서관(匯東書館)에서 나온 최찬식의
첫 작품인 《추월색》은 오랫동안 많은 독자에 의하여
애독되었으며, 신소설 작품 중에서도 가장 많이 판
을 거듭한 개화기 애정소설의 하나라고 할 수 있다.

1900년대 초기 개화된 젊은이들의 애정과 부패한 관료 정치에 대한
민중의 반항을 나타내어 시대 의식을 반영한 생생한 묘사와 그리고 기
구한 애정 이야기 등은 당시 독자에게 환영받는 요소가 되었다.

남녀 간의 삼각관계를 그리면서 식민지 사회 현실과 부패한 관료에
대한 민중의 봉기가 사건 전개과정에 삽입되어 그 시대 한국, 일본, 영
국, 중국 등 여러 지역의 현실의 단면을 보여주기도 한다. 영창과 정임
의 기구한 사랑 이야기와 함께 구시대에서 벗어나서 새 시대를 인도하
는 지도적 인물로 설정하여 선진국에 유학하여 새 지식을 얻고, 특히
신교육을 받은 여성을 주인공으로 내세우는 신교육관이 드러난다.

작품 줄거리

이 시종(李侍從)의 외딸 정임(貞姙)과 옆집 김 승지 (金承旨)의 외아들 영창(永昌)은 동갑으로 장차 결혼할 것을 약속한 사이였다. 영창이 열 살 되던 해 김 승지 가 초산(楚山) 군수로 갔을 때 민란(民亂)이 일어나 김승지 내외를 뒤주 속에 가두어 압록강에 버린다. 영창은 부모를 찾아 헤매다 쓰러졌는데 마침 그곳을 지나던 스미트 박사가 영창을 구해서 본국인 영국에 데리 고 가서 공부시킨다.

이 시종은 민란이 일어난 후 김승지 일가의 행방이 묘연해지자 정임 을 다른 사람에게 결혼시키려 한다. 그러나 정임은 영창과 결혼하기로 약속한 이상 다른 남자와 결혼 할 수 없다고 버티지만 계속되는 부모의 강요에 정임은 집을 떠나 일본으로 건너가 여자 대학에 입학 후 우수한 성적으로 수석으로 졸업한다. 평소 정임을 짝사랑한 유학생을 가장한 건달 강한영은 우에노공원에 달구경 나온 그녀를 추행하지만 매몰차게 걷어차는 정임을 홧김에 칼로 찌르고 도주한다. 그때 공원을 지나던 영 창이 그녀를 구하고 오히려 범인으로 오인되어 살인 미수범으로 재판을 받는다. 그러나 영창은 정임의 진술로 무죄가 입증되어 석방되고 두 사 람은 극적으로 재회하게 된다.

두 사람은 곧 귀국하여 결혼하고 만주로 신혼여행을 떠났는데 그 곳 에서 청국인에게 끌려갔는데 거기서 죽은 줄만 알았던 영창의 부모 김 승지 부부를 만나게 되어 고국으로 돌아와 행복하게 산다.

추월색(秋月色)

최찬식

　시름없이 오던 가을비가 그치고 슬슬 부는 서풍이 쌓인 구름을 쓸어 보내더니, 오리알 빛 같은 하늘에 티끌 한 점 없어지고 교교(皎皎, 달이 맑고 밝음)한 추월색(秋月色)이 천지에 가득하니, 이때는 사람 사람마다 공기 신선한 곳에 한번 산보할 생각이 간절히 나겠더라.

　밝고 밝은 그 달빛에 동경 상야공원(上野公園, 우에노 공원)이 한폭 월세계(月世界)를 이루었으니, 높고 낮은 누대는 금벽(金碧)이 찬란하며, 꽃 그림자 대 그늘은 서로 얽혀 바다 같고, 풀끝에 찬 이슬은 낱낱이 반짝거려 아름다운 야경이 그림같이 영롱한데, 유쾌하게 노래 부르고 오락가락하는 사람들은 모두 달구경 하는 사람이더니, 밤은 어느 때나 되었는지 그 많던 사람들이 하나씩 둘씩 다 헤어져 가고 적적한 공원에 월색만 교결(皎潔, 밝고 맑음)한데, 그 월색 안고 불인지(不忍池, 연못 이름) 관월교(觀月橋) 돌난간에 의지하여 오뚝 섰는 사람은 일개 청년 여학생이더라.

그 여학생은 나이 십팔구 세쯤 된 듯하며, 신선한 조화로 머리를 장식하고, 자줏빛 하카마(일본 겉옷의 주름치마)를 단정하게 입었는데, 그 온아한 태도가 어느 모로 뜯어보든지 천생 귀인의 집 규중(부녀자가 거처하는 곳)에서 고이 기른 작은아씨더라.

그 여학생의 심중에는 무슨 생각이 그리 첩첩한지 힘없이 서서 달빛만 바라보는데, 그 달 정신을 뽑아다가 그 여학생의 자색을 자랑시키려고 한 듯이 희고 흰 얼굴에 밝고 맑은 광선이 비춰어 그 어여쁜 용모를 이루 형용해 말하기 어려우니 누구든지 한 번 보고 또 한 번 다시 보지 아니치 못하겠더라.

그 공원 속에 남아 있는 사람은 이 여학생 한 사람뿐인 듯하더니, 어떤 하이칼라(서양 유행을 따르른 멋쟁이)적 소년이 술이 반쯤 취하여 노래를 부르며 불인지 옆으로 내려오는데, 파나마모자(풀로 만든 여름 모자)를 푹 숙여 쓰고, 금테 안경은 코허리에 걸고, 양복 앞섶 떡 갈라 붙인 속으로 축 늘어진 시곗줄은 월광에 태워 반짝반짝하며, 바른손에는 반쯤 탄 여송연(담배)을 손가락에 감아쥐고, 왼손으로 단장(지팡이)을 들어 향하는 길을 지점하고 회똑회똑 내려오는 모양이, 애먼(일의 결과가 다른 데로 돌아감) 부형의 재산도 꽤 없애

보고, 남의 집 새악시도 무던히 버려주었겠더라.

그 소년이 이 모양으로 내려오다가 관월교 가에 홀로 섰는 여학생을 보더니 모자를 벗어 들고 반갑게 인사한다.

(소년) "아, 오래간만에 뵙습니다. 그사이 귀체 건강하시오니까?"

(여학생) "예, 기운 어떕시오?"

(소년) "요사이는 어찌 그리 한 번도 만나 뵈올 수 없습니까?"

(여학생) "근일에 몸이 좀 불편해서 아무 데도 못 갔습니다."

(소년) "…… 아, 어쩐지 일요 강습회에도 한번 아니 오시기에 무슨 사고가 계신가 하고 매우 궁금히 여기던 차이올시다. 그래, 지금은 쾌차하시오니까?"

(여학생) "조금 낫습니다."

(소년) "나도 근일에 몸이 대단히 곤하여 오늘도 종일 누웠다가 하도 울적하기에 신선한 공기나 좀 쐬어볼까 하고 나왔더니, 비 끝에 달빛이라 참 좋습니다. 그러나 추월색은 영인초창(令人惝愴, 사람을 슬프게 함)이라더니, 그야말로 사람의 마음을 정히 상합니다 그려, …… 허 …… 허 …… 허."

(여학생) "……"

(소년) "그런데 산본(山本) 노파 언제 만나 보셨습니까?"

(여학생) "산본 노파가 누구오니까?"

(소년) "아따, 우리 주인 노파 말씀이오."

(여학생) "글쎄요, 언제 만나 보았던지요?"

여학생의 대답이 그치자, 소년이 무슨 말을 할 듯 할 듯하다가 아니 하고, 또 무슨 말을 하려고 입을 벙긋벙긋하다가 못 하더니 여학생의 얼굴을 다시 한 번 건너다보면서,

(소년) "그 노파에게 무슨 말씀 들어 계시지요?"

여학생은 그 말을 들었는지 못 들었는지 아무 말 없이 비슥(맞은편) 돌아서며 이슬에 젖은 국화 가지를 잡고 맑은 향기를 두어 번 맡을 뿐인데, 구름 같은 살쩍과 옥 같은 반뺨이 모두 소년의 눈동자 속으로 들어간다. 그 소년은 그렇게 하기 어려운 말을 한마디 간신히 하였건마는 여학생의 대답은 없으매 물끄러미 한참 보다가 말 한마디를 또 꺼내더라.

(소년) "그 노파에게도 응당 자세히 들어 계시겠지마는, 한번 조용히 만나면 할 말씀이 무한히 많던 차올시다."

그 소년은 여학생을 만나 인사하고 수작 붙이는 모양이 매우 숙친(熟親, 가까운 사이)도 한 듯이 무슨 긴절한 의논도 있는 듯이 노파를 얹어가며 말하는데, 그 말 속에 무슨 은근한 말이 또 들었는지 여학생은 그 말대답 또 아니 하고 먼 산을 한 번 바라보더니,

"아마 야심한 듯하니 집으로 돌아가겠습니다. 용서하십시

오."

하고 천천히 걸어 내려간다.

그 소년의 마음에는 어떠한 욕망이 있는지 여학생의 대답하는 양을 들어보려고 그 말끝을 꺼낸 듯한데, 여학생은 냉연히 사절하는 모양이니, 소년도 그 눈치를 알았을 듯하건마는 무슨 생각으로 내려가는 여학생을 굳이 따라가며 이 말 저 말 또다시 한다.

(소년) "괴로운 비가 개더니 달빛이야 참 좋습니다. 공원이란 곳은 원래 풍경이 좋은 곳이지마는, 저 달빛이 몇 배나 공원의 생색을 더 냅니다그려. 인간의 이별하고 만나는 인연은 실로 부평(浮萍, 떠돌아다니는 신세) 같은 일이지마는, 지금 우리가 이렇게 좋은 때와 이렇게 좋은 곳에서 기약 없이 만나기는 참 뜻밖에 기회이구려……. 여보시오, 조금도 부끄러우실 것 없소. 서양 사람들은 신랑 신부가 직접으로 결혼한답디다. 우리도 소개니 중매니 할 것 없이 직접으로 의논함이 좋지 않겠습니까?"

(여학생) "다 듣다가 그게 무슨 말씀이오?"

(소년) "이렇게 생시치미 뗄 것 있소. 아까도 말씀하였거니와 왜, 노파를 소개하여 의논하던 터가 아니오니까?"

(여학생) "기다랗게 말씀하실 것 없습니다. 노파든지 누구든지 나는 이왕 결심한 바 있다고 말한 이상에 당신은 번거

롭게 다시 말씀하실 필요가 없습니다. 다른 일로나 교제하실 것이오, 그 말씀은 영구히 단념하시오."

그 여학생과 소년의 수작이 이왕도 많이 언론 되던 일인 듯한데, 여학생이 이처럼 거절하니 소년이 사람스러운 터 같으면 이렇게 거절당할 듯한 말을 당초에 내지 아니하였을 터이오, 또 거절을 당하였으면 무안하여도 저는 저대로 가서 달리나 운동하여 볼 것이건마는, 또 무슨 생각이 그렇게 민첩하게 새로 생겼던지, 가장 정다운 체하고 여학생의 옆으로 바싹바싹 다가서더니 말했다.

(소년) "당신의 결심한 바는 내가 알려고 할 것 없거니와 저기 저것 좀 보시오. 어제같이 작작(灼灼, 활짝 핀)하던 도화(桃花)가 어느 겨를에 다 날아가고, 벌써 가을바람에 단풍이 들었소그려. 여보, 우리 인생도 저와 같이 오늘 청춘이 내일 백발을 정한 일이 아니오? 이처럼 무정한 세월이 살같이 빠른 가운데 손〔客〕같이 잠깐 다녀가는 우리는 이 한세상을 이렇게도 지내고 저렇게도 지내봅시다그려, 허…… 허…… 허…… 허……."

소년이 그렇게 공경하던 예모는 다 어디로 가고 말 그치자 선웃음 치며 여학생의 옥 같은 손목을 턱 잡으니, 여학생은 기가 막혀서,

(여학생) "이것이 무슨 무례한 짓이오! 점잖은 이가 남녀의

예우를 생각지 아니하고 이런 야만의 행위를 누구에게 하시오?"

하고 손목을 뿌리치는데,

　(소년) "이렇게 큰 변 될 것이 무엇 있소? 야만에서 커진 문명국 사람은 악수례(握手禮)만 잘들 하대……. 이렇게 접문례(接吻禮, 입을 맞춤)도 잘들 하고……. 하…… 하……."

하면서 한층 더해서 접문례를 하려고 달려드니, 여학생은 호젓한 곳에서 불의의 변괴를 당하매 분한 마음이 탱중(撐中, 가슴 속에 가득)하나 소년의 패행(悖行, 도리에 어긋남)이 이 지경에 이르렀으니, 아무리 생각하여도 방비할 계책과 능력은 하나도 없고 다만 준절(峻節, 정중)한 말로 달랜다.

　(여학생) "여보시오, 해외에 유학도 하고 신사상(新思想)도 있다는 이가, 이런 금수의 행실을 행코자 하면 어찌하자는 말씀이오? 당신은 섬부(贍富, 넉넉함)한 학문과 우월한 재화(財貨)가 국가도 빛내고 천하도 경영하실 터이거늘, 지금 일개 여자에게 악행위를 더하고자 하심은 실로 비소망어평일(非所望於平日, 평소에 바라지 못하던 바임)이로그려. 어서 빨리 돌아가 회개하시고, 다시 법률에 저촉되지 않기를 부디 주의하시오."

　(소년) "법률이니 도덕이니 그까짓 말은 다 해 쓸 데 있나? 꽃 같은 남녀가 이런 좋은 곳에서 만났다가 어찌 무료히 그

저 헤어져 갈 수 있나…… 하…… 하…… 하…… 하……."

소년은 삼천 장 무명업화(三千丈無名業火, 깨우치지 못한 나쁜 마음)가 남아미리가(남아메리카) 주(州) 딘보라소 활화산(活火山) 화염 치밀듯 하여, 예절(禮節)이니 염치니 다 불고하고 음흉 난잡한 말을 함부로 내던지며 여학생의 가늘고 약한 허리를 덥석 안고 나무 수풀 깊고 깊은 곳, 육모정 속 어두컴컴한 구석으로 들어가니, 이때 형세(形勢)가 솔개가 병아리를 찬 모양이라. 여학생은 호소할 곳도 없이 기가 막히는 경우를 만나매 악이 바짝 나서 모만사(冒萬死, 죽음을 각오함)하고 젖 먹던 힘을 다 써서 항거하노라니, 두 몸이 한데 뒤틀어져서 이리로 몰리고 저리로 몰리며 죽을 둥 살 둥 모르고 서로 상지(相持, 서로 양보하지 않음)한다. 어떤 사람이든지 제 욕망을 채우지 못하면 화증(火症, 화병)이 나는 법이라 소년은 불같은 욕심을 이기지 못하는 중, 여학생이 죽기를 한하고 방색(防塞, 들어오지 못하게 막음)하는 양에 화증이 왈칵 나며 화증 끝에 악심이 생겨서 왼손으로는 여학생의 젖가슴을 잔뜩 움켜잡고, 오른손으로는 양복 허리에서 단도를 빼어 들더니,

(소년) "요년아, 너 요렇게 악지(고집) 부리는 이유가 무엇이냐? 소위 너의 결심하였다는 것이 무슨 그리 장한 결심이냐? 너 이년, 너의 꽃다운 혼이 당장 이 칼끝에 날아갈지라

도 너는 네 고집대로 부리고 장부의 가슴에 무한한 한을 맺을 터이냐?"

(여학생) "오냐, 죽고 죽고 또 죽고 만 번 죽을지라도 너같이 개 같은 놈에게 실절(失節, 절개를 지키지 못함)은 아니하겠다!"

그 말에 소년의 악심이 더욱 심하여 말이 막 그치자 번쩍 들었던 칼을 그대로 푹 찌르는데, 별안간 한 모퉁이에서 어떤 사람이,

"이놈아, 이놈아!"

소리를 지르며 급히 쫓아오는 바람에 소년은 깜짝 놀라 여학생 찌르던 칼도 미처 뽑을 새 없이 삼십육계(三十六計)의 줄행랑을 하고 여학생은,

"에그머니!"

한마디 소리에 기절하고 땅에 넘어지니 소슬한 한풍은 나무 사이에 움직이고 참담한 월색은 서천에 기울어졌더라.

소리를 지르고 오던 사람은 중산모자(中山帽子, 둥근 서양 모자) 쓰고 후록코우투(프록코트) 입은 청년 신사인데, 마침 예비해두었던 것같이 달려들며 여학생의 몸에 박힌 칼을 빼어 들더니, 가만히 무슨 생각을 한참 하는 판에 행순(行巡, 순찰) 하던 순사가 두어 마디 이상한 소리를 듣고 차츰차츰 오다가 이곳에 다다르매 꽃봉오리 같은 여학생은 몸에 피를

흘리고 땅에 누웠고, 그 옆에는 어떤 청년이 손에 단도를 들고 섰으니 그 청년은 갈데없는 살인범이라. 순사가 그 청년을 잡고 박승(죄인을 묶는 포승)을 꺼내더니 다짜고짜로 청년의 손목을 척척 얽어놓고 호각을 '호루룩 호루룩' 부니, 군도(허리에 차는 긴 칼) 소리가 여기서도 제걱제걱 하고 저기서도 제걱제걱 하며 경관이 네다섯이 모여들어 여학생은 급히 병원으로 호송하고 그 청년은 즉시 경찰서로 압거하니, 이때 적요한 빈 공원에 달 흔적만 남았더라.

그 여학생은 조선 사람이요, 이름은 이정임(李貞姬)인데, 이 시종(조선 말기 벼슬) ○○의 딸이라. 자식 사랑하는 마음이야 누가 없으리오마는, 이정임의 부모 이 시종 내외는 늦게 정임을 낳으매 슬하 혈육이 다만 일개 여자뿐인 고로 그 애지중지함이 남보다 특별히 귀하게 여기는 터인데, 그 이 시종의 옆집에 사는 김 승지(승정원 벼슬) ○○는 이 시종의 죽마고우(竹馬故友, 어릴 때부터 친한 벗))일 뿐 아니라 서로 지기(마음을 알아주는 친구) 하는 친구인데, 그 김 승지도 역시 늙도록 아들이 없어 슬퍼하다가 정임이 낳던 해에 관옥(冠玉) 같은 남자를 낳으니, 가없이 기뻐하여 이름을 영창(永昌)이라 하고, 더할 것 없이 귀하게 기르는 터이라. 이 시종은 김 승지를 만나면,

"자네는 저러한 아들을 두었으니 마음에 오죽 좋겠나. 나는 일개 여아나마 남달리 사랑하네."

하며 이야기하고 서로 친자식같이 귀해하니, 그 두 집 가정에 살지라도 서로 사랑하기를 남의 자손같이 여기지 아니하더라.

그 두 아해가 두 살 되고 세 살 되어 걸음도 배우고 말도 옮기매, 놀기도 함께 놀고 장난도 서로 하여 친형제와 같이 정다우며 쌍둥이와 같이 자라는데, 자라갈수록 더욱 심지(心地, 마음의 본바탕)가 상합(相合, 서로 잘 맞음)하여 글도 같이 읽고, 좋은 음식을 보아도 나누어 먹으며, 영창이가 아니 가면 정임이가 가고, 정임이가 아니 가면 영창이가 와서 잠시도 서로 떠나지 아니하여 그 정분이 점점 깊어가더라.

그 두 아해(아이)가 나이도 동갑이요, 얼굴도 비슷하고 정의도 한뜻 같으나, 다만 같지 아니한 것은 계집아이와 사내아이인 고로 정임의 부모는 영창이를 보면 대단히 부러워하고, 영창의 부모는 정임이를 보면 매우 탐을 내는 터인데, 정임이 일곱 살 먹던 해 정월 대보름날 저녁에 이 시종이 술이 얼근히 취하여 마누라를 부르고 좋은 낯으로 들어오는지라, 부인은 마루로 마주 나가며,

(부인) "어디서 저렇게 약주가 취하셨소?"

(이 시종) "오늘이 명일(명절)이 아니오? 김 승지하고 술을

잔뜩 먹었소. 노래(老來, 늘그막)에 정붙일 것은 술밖에 없소 그려…… 허…… 허…….”

하면서 앞서거니 뒤서거니 방으로 들어오더니,

(이 시종) “마누라, 오늘 정임이 혼사를 확정하였소……. 저희끼리 정답게 노는 영창이하고…….”

(부인) “그까짓 바지 안에 똥 묻은 것들을 정혼이 다 무엇이오니까, 하…… 하…….”

(이 시종) “누가 오늘 신방을 차려주나……. 그래 두었다가 아무 때나 저희들 나이 차거든 초례시키지……. 마누라는 일상(늘) 영창이 같은 아들 하나 두었으면 좋겠다고 한탄하지 아니했소? 사위는 왜 아들만 못한가?……. 이애 정임아, 오늘은 영창이가 어째 아니 왔느냐?”

하는 말끝이 떨어지기 전에 영창이가 문을 열고 들어오며,

(영창) “정임아 정임아, 우리 아버지는 부름(정월 대보름날 먹는 부름) 많이 사 오셨단다. 부름 깨 먹으러 우리 집으로 가자…… 어서…… 어서…….”

(이 시종) “허…… 허…… 허, 우리 사위 오시나, 어서 들어오게, 자네 집만 부름 사 왔다던가? 우리 집에도 이렇게 많이 사 왔다네.”

하고 벽장문을 열고 호두, 잣을 내어주며 귀애하는 마음을 이기지 못하여 농지거리를 붙이며 이런 말 저런 말 하다가 사

랑으로 나가고, 정임이와 영창이는 부름을 까먹으며 속살거
리고 이야기하는데,

(영창) "이애 정임아, 나는 너한테로 장가가고, 너는 나한
테로 시집온다더라."

(정임) "장가는 무엇 하는 것이고, 시집은 무엇 하는 것이
냐?"

(영창) "장가는 내가 너하고 절하는 것이고, 시집은 네가
우리 집에 와서 사는 것이라더라."

(정임) "이애, 누가 그러더냐?"

(영창) "우리 어머니가 말씀하시는데 너의 아버지하고 우
리 아버지하고 그렇게 이야기하셨다더라."

(정임) "이애, 나는 너의 집에 가서 살기 싫다. 네가 우리
집으로 시집오너라."

두 아이는 밤이 깊도록 이렇게 놀다가 헤어져 갔는데, 그
후부터는 정임의 집에서도 영창이를 자기 사위로 알고 영창
의 집에서도 정임이를 자기 며느리로 인정하여 두 집 관계가
더욱 친밀해지고, 그 두 아이들도 혼인이 무엇인지 부부가 무
엇인지 의미는 알지 못하나 영창은 정임에게로 장가갈 줄로
생각하고, 정임은 영창에게로 시집갈 줄로 알더라.

정임과 영창이가 이처럼 정답게 지내더니, 영창이 열 살 되
던 해 삼월에 김 승지가 초산(楚山) 군수로 서임(敍任, 벼슬

을 받음)되니 가족을 데리고 즉시 군아(郡衙, 수령이 정무를 보는 건물)에 부임할 터인데, 정임과 영창이가 서로 떠나기를 애석히 여기는 고로 이 시종 집에서는 가권(家眷, 집안 식구)을 솔거(率去, 거느림)하는 것이 불가하다고 권고하나, 김 승지는 가계가 원래 유족치 못한 터이라, 군수의 박봉을 가지고 식비와 교제비를 제하면 본가(本家)에 보낼 것이 남지 아니하겠으니 가족을 데리고 가는 것이 필요가 될 뿐 아니라, 설령 가사는 이 시종에게 전혀 부탁하여도 무방하겠지마는, 김 승지는 자기 아들 영창을 잠시라도 보지 못하면 애정을 이기지 못하여 침식(寢食, 잠자는 일과 먹는 일)이 달지 아니한 터인 고로, 부득이하여 부인과 영창을 데리고 초산으로 떠나가는데, 가는 노정은 인천으로 가서 기선을 타고 수로로 갈 작정으로 상오 아홉 시 남대문발 인천행 열차로 발정(發程, 길을 떠남)할새 정임이는 남문역(남대문역)에 나아가서 방금 떠나는 영창의 손을 잡고 서로 친절히 전별(餞別, 작별)한다.

(정임) "영창아, 너하고 나하고 잠시도 떠나지 못하다가 네가 저렇게 멀리 가면 나는 놀기는 누구하고 같이 놀고, 글은 누구하고 같이 읽으며, 너를 보고 싶은 생각을 어떻게 참는단 말이냐?"

(영창) "나도 너를 두고 멀리 가기는 대단히 섭섭하다마는,

우리 아버지 어머니가 나를 보고 싶어 하실 생각을 하면 떨어져 있을 수 없구나. 오냐, 잘 있거라. 내 쉽사리 올라오마."

정임은 품에서 사진 한 장을 꺼내더니 그 뒷등에 '경성 중부 교동 339'라고 써서 영창이를 주며,

(정임) "이것 보아라. 이것은 내 사진이요, 이 뒷등에 쓴 것은 우리 집 통호수다. 만일 이 사진을 잃든지 통호수를 잊어버리거든 삼삼구만 생각하여라."

영창이는 사진을 받아들고 그 말대답도 미처 못 해서 기적 소리가 '뿡뿡' 나며 차가 떠나고자 하니, 정임은 급히 차에서 내려서 스르르 나가는 유리창을 향하여,

"부디…… 잘 가거라."

하며 옷깃에 방울방울 떨어지는 눈물을 씻는데, 기관차 연통에서 검은 연기가 물큰물큰 올라가며 차는 살 닫듯 하여 어느 겨를에 간 곳도 없고, 다만 용산강 언덕 위에 멀리 의의(依依, 풀이 싱싱하게 푸르다)한 버들 빛만 머물렀더라.

정임이는 영창이를 전송하고 초창(怊悵, 근심스럽고 슬픔)한 마음을 이기지 못하여 집까지 울고 들어오니 이 시종의 부인도 섭섭한 마음을 이기지 못하던 차에 자기의 귀한 딸이 울고 들어오는 것을 보고 눈물을 흘리다가, 좋은 말로 영창이는 속히 다녀온다고 그 딸을 위로하고 달래었는데, 정임이는 어린아이라 어찌 부처(夫妻, 부부)될 사람의 인정을 알아 그

러하리오마는, 같이 자라던 정리(情理, 인정)로 영창의 생각을 한시도 잊지 못하여 제 눈에 좋은 것만 보면 영창이에게 보내준다고 꼭꼭 싸두었다가 인편 있을 적마다 보내기도 하고, 영창의 편지를 어제 보았어도 오늘 또 오기를 기다리며, 꽃 피고 새 울 때와 달 밝고 눈 흴 적마다 시름없이 서천을 바라고 눈썹을 찡그리더라.

정임이가 영창이 생각하기를 이렇듯 괴롭게 그해 일 년을 십 년같이 다 지내고, 그 이듬해 봄이 차차 되어오매 영창이 오기를 기다리는 마음이 자연 생겨서,

'떠날 때에 쉽사리 온다더니 일 년이 지나도록 어찌 아니 오노?'

하고 문밖에서 자취 소리만 나도 아마 영창이가 오나 보다, 아침에 까치만 짖어도 아마 영창이가 오나 보다 하며 하루에도 몇 번씩 문밖을 내다보더니, 하루는 안마당에서 '바삭바삭' 하는 소리에 창문을 열어 보니, 사람은 아무도 없고 회오리바람이 뺑뺑 돌다가 그치는데 일기가 어찌 화창한지 희고 흰 면회(面灰, 회를 바름) 담에 아지랑이가 아물아물하며 멀리 들리는 버들피리 소리가 사람의 회포를 은근히 돋우는지라, 어린 마음에도 별안간 울적한 생각이 나서 후정(後庭, 뒤뜰)을 돌아가 거닐다가 보니 도화가 웃는 듯이 피었거늘, 가늘고 가는 손으로 한 가지를 똑 꺾어 가지고 들어오며,

(정임) "어머니 어머니, 도화가 이렇게 피었으니 작년에 영
창이 떠나던 때가 벌써 되었습니다그려."

(부인) "참 세월이 쉽기도 하다. 어제 같던 일이 벌써 돌이
로구나."

(정임) "영창이는 올 때가 되었는데 왜 아니 옵니까? 요사
이는 편지도 보름이 지내도록 아니 오니 웬일인지 궁금합니
다."

(부인) "아마 쉬 올 때가 되니까 편지도 아니 오나 보다."

(정임) "아니, 그러면 올라올 때에 입고 오게 겹옷이나 보
내줍시다. 아버지가 들어오시거든 소포 부칠 돈을 달래야지
요."

하며 장문을 열고 새로 지어 차곡차곡 넣어두었던 명주 겹바
지저고리(겹으로 지은 바지와 저고리)와 분홍 삼팔 두루마기
(명주 두루마기)를 내어 백지로 두어 번 싸고, 그 거죽에 유
지로 또 한 번 싸서 노끈으로 열 십(十) 자 우물 정(井) 자로
이리저리 얽을 즈음에, 이 시종이 이마에 내 천(川) 자를 쓰
고 얼굴에 외(오이)꽃이 피어서 들어오더니,

(이 시종) "원……, 이런 변괴가 있나……. 응…… 응……."

(부인) "변괴가 무슨 변괴오니까?"

(이 시종) "응응……, 응응……."

(부인) "갑갑하니 어서 말씀 좀 하시오."

(이 시종) "초산서 민요(民擾, 민란)가 났대야."

(부인) "민요가 났으면 어떻게 되었단 말씀이오?"

(이 시종) "어떻게 되고 말고 기가 막혀 말할 수 없어. 이 내부에 온 보고 좀 보아."

하고 평북 관찰사의 보고를 베낀 초(抄, 중요 부분만 뽑음)를 내어 부인의 앞으로 던지는데, 그 집은 원래 문한가(文翰歌, 문필가 집안)인 고로 그 부인의 학문도 신문 한 장은 무난히 보는 터이라 부인이 그 보고초를 집어 들고 보니,

(보고서) '관하 초산군에서 거(지난) 이월 이십팔일 하오 삼 시경에 난민 천여 명이 불의에 취집(聚集, 모집)하여 관아에 충화(衝火, 불을 지름)하고 작석(作石, 곡식 한 섬)을 난투(亂鬪, 치고받으며 싸움)하여 관사와 민가 수백 호가 연소(燃燒)하옵고, 이민 간(吏民間, 관리와 백성 사이에) 사상(死傷, 죽거나 다침) 이십여 인에 달하여 야료(惹鬧, 생트집) 난폭하므로 강계 진위대(강계게 있는 군대 이름)에서 병졸 일 소대를 급파하여 익일(翌日, 다음 날) 상오 십 시 초기에 진압되었사온데, 당해 군수와 그 가족은 행방이 불명하옵기 방금 조사 중이오나 종내 종적을 부지(不知, 알지 못함)하겠사오며, 민요 주창자(주동자)는 엄밀히 수색한 결과로 장두(狀頭, 우두머리) 오(五) 인을 포박하여 본부에 엄수하옵고 자

에 보고함.'

부인이 보고초를 보다가 깜짝 놀라며,

(부인) "이게 웬일이오! 세 식구가 다 죽었나 보구려."

하는 말에 정임이는 정신이 아득하여 얼굴빛이 하얘지며 아무 말 못하고 그 모친을 한참 보다가, 싸던 옷보를 스르르 놓더니 눈에서 구슬 같은 눈물이 쑥쑥 쏟아지며 목을 놓고 우니 부인도 여린 마음에 정임이 우는 것을 보고 따라 우는데, 이 시종은 영창이 생각도 둘째가 되고, 평생에 지기하던 친구 김 승지를 생각하고 비참한 마음을 억제치 못하여 정신 없이 앉았다가, 다시 마음을 정돈하고 우는 정임이를 위로한다.

(이 시종) "어찌 된 사기(事記, 사건 기록)를 자세히 알지도 못하고 울기는 왜들 울어? 정임아, 어서 그쳐라. 내일은 내가 초산으로 내려가서 자세히 알아보겠다. 설마 죽기야 하였겠느냐. 참 이상도 하다. 김 승지는 민요 만날 사람이 아닌데 그게 웬일이란 말이냐? 그러나 인자(仁者)는 무적(無敵)이라 하니, 김 승지같이 어진 사람이 죽을 리는 없으리라……. 김 승지가 마음은 군자(君子)요 글은 문장이로되, 일에 당하여서는 짝 없이 흐리것다……."

이런 말로 정임의 울음을 만류하고 가방과 양탄자를 내어

내일 초산 떠날 행장을 차려놓고 세 사람이 수색(愁色, 근심)
이 만면하여 묵묵히 앉았더니, 하인이 저녁상을 들여다 놓고
부인을 대하여 위로하는 말이,

"놀라운 말씀이야 어찌 다 하오리까마는 설마 어떠하오리
까? 너무 걱정 마시고 진지 어서 잡수십시오."
하고 나가는데, 정임이는 밥 먹을 생각도 아니 하고 치마끈
만 비비 틀며 쪼그리고 앉았고, 이 시종과 부인은 상을 다가
놓고 막 두어 술쯤 뜨는 때에 어디서,

"불이야! 불이야!"
하는 소리가 들리며 안방 서창에 연기 그림자가 뭉글뭉글 비
치고, 마루 뒷문 밖에는 화광(火光, 불빛)이 충천하니, 밥 먹
던 이 시종은 수저를 손에 든 채로 급히 나가 보니, 자기 집
굴뚝에서 불이 일어나서 한끝은 서로 돌아 부엌 뒤까지 돌
고, 한 끝은 동으로 뻗쳐 건넌방 머리까지 나갔는데, 솔솔 부
는 서북풍에 비비 틀려 돌아가는 불길이 눈 깜짝할 사이에 온
집안에 핑 도니 이 시종 집 사람들은 발을 동동 구르나 어찌
할 수 없으며, 여간 순검 헌병깨나 와서 우뚝우뚝 섰으나 다
쓸데없고, 변변치 못하나마 소방대도 미처 오기 전에 봄볕에
바싹 마른 집이 전체가 다 타버리고, 그뿐 아니라 화불단행
(禍不單行, 재앙은 겹쳐 오게 됨)이라고 그 옆으로 한데 붙은
김 승지 집까지 일시에 소존성(燒存性, 물건이 탄 후에도 형

태가 남아 있음)이 되었더라.

행장을 싸놓고 내일 아침 일찍 초산 떠나려고 하던 이 시종은 뜻밖에 낙미지액(落眉之厄, 눈앞에 닥친 재앙)을 당하여 가족이 모두 노숙(露宿)하게 된 경위에 있으니 어찌 먼 길을 떠날 수 있으리오. 민망한 마음을 억지로 참고 급히 빈집을 구하여 북부 자하동 일백팔 통 십 호 삼십 구간 와가(瓦家, 기와 집)를 사서 겨우 안돈(安頓, 잘 정돈됨)하고 나매 벌써 일주일이 지났으나, 초산 소식은 종시 묘묘(杳杳, 알 길이 없음)하니 자기와 김 승지의 관계가 정리로 하든지 의리로 하든지 생사(生死) 간에 한번 아니 가보지 못할 터이라, 삼 주일 수유(受由, 말미)를 얻어가지고 즉시 떠나 초산을 내려가 보니 읍내는 자기 집 모양으로 빈 터에 탄 재뿐이요, 촌가는 강계대 병정이 와서 폭민 수색하는 통에 다 달아나고 개미 새끼 하나 볼 수 없으니 군수의 거취를 물어볼 곳도 없는지라, 그 인근 읍으로 다니며 아무리 탐지하여도 종내 김 승지의 소식은 알 수 없고, 단지 들리는 말은 초산 군수가 글만 좋아하고 술만 먹는 고로 정사(政事)는 모두 간활(奸猾, 교활함)한 아전의 소매 속에서 놀다가 마침내 민요를 만났다는 말뿐이라. 하릴없이 근 이십 일 만에 집으로 돌아오니, 그 부친이 다녀오면 영창의 소식을 알까 하고 눈이 빠지도록 기다리던 정임이는 낙심천만하여 한없이 비창(悲愴, 마음이 상하고 슬픔)히 여기는 모양은 눈으로 차마 볼 수 없더라.

이 시종이 초산에서 집에 돌아온 지 제삼 일 되던 날 관보에 '시종원(侍從院) 시종 이○○ 의원 면 본관(依願免本官, 본인 뜻으로 현직에서 물러남)'이라 게재되었으니, 이때는 갑오개혁 정책(甲午改革政策)이 실패된 이후로 점점 간영(奸侫, 간사하고 아첨을 잘 하는 사람)이 금달(禁闥, 궁궐 문)에 출입하여 뜻있는 사람은 일병 배척하는 시대인 고로, 어떤 혐의자가 이 시종 초산 간 새(사이)를 엿보고 성총(聖聰, 임금의 총명함)에 모함한 바이라. 이 시종은 체임(遞任, 벼슬이 갈림)된 후로 다시 세상에 나번득일 생각이 없어 손〔客〕을 사절하고 문을 닫으니 꽃다운 풀은 뜰에 가득하고, 문전에 거마(車馬)가 드물어 동네 사람이라도 그 집이 누구의 집인지 알지 못할 만치 되었더라.

이 시종은 이로부터 티끌 인연을 끊어 버리고 꽃과 새로 벗을 삼아 만년을 한가히 보내고, 정임이는 그 부친에게 소학(小學)을 배워 공부하며 깊고 깊은 규중(閨中)에서 적적히 지내는데, 영창이 생각은 때때로 암암하여(기억이 눈앞에 아른거림) 영창이와 같이 가지고 놀던 유희 제구(遊戲諸具, 놀이기구)만 눈에 띄어도 초창(怊悵, 근심스런)한 빛이 눈썹 사이에 가득하며, 혹 꿈에 영창이를 만나 재미있게 놀다가 섭섭히 깨어 볼 때도 있을 뿐 아니라, 한 해 두 해 지나 철이 차차

나 갈수록 비감(悲感, 슬픈 마음)한 마음이 더욱 결연(缺然, 서운함)하여, '여편'을 읽을 적마다 소리 없는 눈물도 많이 흘리는 터이건마는, 이 시종 내외는 정임의 나이 먹는 것을 민망히 여겨 마주 앉기만 하면 항상 아름다운 새 사위 구하기를 근심하고 김 승지 집 이야기는 입 밖에 내지도 아니하더라.

임염(荏苒, 세월이 지나감)한 세월이 흐르는 듯하여 정임의 나이 어언간 십오 세가 되니, 그해 칠월 열이렛날은 이 시종의 회갑이라. 그날 수연(壽宴) 잔치 끝에 손〔客〕은 다 헤어져 가고 넘어가는 해가 서산에 걸렸는데, 이 시종 내외는 저녁 하늘 저문 노을빛과 푸른 나무 늦은 매미 소리 손마루 북창 앞에 느런히(나란히) 앉아서 늙은 회포를 서로 이야기한다.

(이 시종) "포말풍등(泡沫風燈, 바람 앞의 등불. 없어지기 쉽다는 뜻)이 감가련(感可憐, 가련한 느낌)이라더니 사람의 일생이야 참 가련한 것이야. 어제 같던 우리 장춘(長春, 청춘)이 어느 겨를에 벌써 회갑일세. 지나간 날이 이렇듯 쉬 갔으니 죽을 날도 이렇게 쉬 오겠지. 평생에 사업 하나 못 하고 죽을 날이 가까우니 한심한 일이오그려."

(부인) "그렇기에 말씀이오. 죽을 날은 가까우나 쓸 만한

자식도 하나 못 두었으니 우리는 세상에 난 본의가 없소그려. 정임이 하나 시집가고 보면 이 만년 신세를 누구에게 의탁한단 말씀이오?"

(이 시종) "그렇지마는 나는 양자할 마음은 조금도 없어. 얌전한 사위나 얻어서 아들같이 데리고 있지."

(부인) "그러한들 사위가 자식만 하겠습니까마는, 하기는 우리 죽기 전에 사위나마 얻어야 하겠습니다……. 사위 고르기는 며느리 얻기보다 어렵다는데 요새 세상 청년들 눈여겨보면 그 경박한 모양이 모두 제 집 결단내고 나라 망할 자식들 같습디다. 사위 재목(材木)도 조심해 구할 것이어요."

(이 시종) "그야 무슨, 다 그럴라구. 그런 집 자식이 그렇지."

이렇게 수작하는 때에 어떤 사람이 사랑 중문간에서,

"정임아, 정임아."

부르며,

"안손님 아니 계시냐?"

하고 묻더니 큰기침 두어 번 하고 들어오면서,

(어떤 사람) "누님, 저는 가겠습니다."

(부인) "그렇게 속히 가면 무엇 하나? 저녁이나 먹고 이야기나 하다가 달 뜨거든 천천히 가게그려. 어서 올라와……."

부인은 그 사람을 이처럼 만류하며 하인을 불러서,

"술상을 차려오너라, 진지를 지어서 가져오너라."

하는데 그 사람은 정임의 외삼촌이라. 수연 치하하고 집으로 돌아갈 터인데, 그 누님의 만류하는 정의를 떼치지 못하여 마루로 올라와 앉더니, 건넌방 문 앞에 섰는 정임이를 한참 보다가,

(외삼촌) "정임이는 금년으로 몰라보게 자랐습니다그려. 오래지 아니하여 서랑(壻郎, 사위를 높여 부르는 말) 보시게 되었는데요. 어찌하려오."

(이 시종) "그까짓 년 키만 엄부렁(실속 없이 크다)하면 무엇하나? 배운 것이 있어야 시집을 가지."

(부인) "그러지 아니하여도 우리가 지금 그 걱정일세. 혼처나 좋은 데 한 곳 중매하게그려……."

(외삼촌) "중매 잘못하면 뺨이 세 번이라는데 잘못하다가 뺨이나 얻어맞게요……. 하…… 하…….."

(부인) "생질 사위(조카딸의 남편) 잘못 얻는 것은 걱정 없고 뺨 맞는 것만 염려되나? 하…… 하…….."

(이 시종) "허…… 허…… 허…… 허…….."

(외삼촌) "혼처는 저기 좋은 곳 있습니다. 옥동 박과장의 셋째 아들인데, 나이는 열일곱 살이오, 공부는 재작년에 사범속소학교에서 졸업하고 즉시 관립중학교에 입학하여 올해 삼 학년이 되었답니다. 그 아이는 저의 팔촌 처남의 아들인

데 그 집 문벌도 훌륭하고 가세도 불빈(不貧, 가나하지 않음)할 뿐 아니라 제일 남자의 얼굴도 결곡(깨끗하고 야무져서 빈틈이 없다)하고 재주도 초월(超越)하여 내 마음에는 매우 합당합디다마는 매부 의향에 어떠하신지요?"

이시종의 귀에 그 말이 번쩍 띄어,

"응, 그리해? 합당하면 하다마다. 자네 마음에 합당하면 내의향에도 좋지 별수 있나? 나는 양반도 취치 않고, 부자도 취치 않고, 다만 당자(當者, 본인) 하나만 고르네."

하면서 매우 기뻐하고, 정임이 외삼촌은 이런 이야기를 밤이 되도록 하다가 갔는데, 그 후로는 신랑의 선을 본다는 등 사주(四柱)를 받는다는 등 하더니, 하루는 이 시종이 붉은 간지(簡紙, 두꺼운 종이)를 내어 '팔월 십사일 전안(奠雁, 신랑이 신부 집에 기러기를 가지고 가서 상 위에 놓고 절하는 예) 납채(納采, 신부 집에 혼인을 청하는 예) 동일선행' 이라 써서 다홍실로 허리를 매어놓고 부인과 의논해가며 신랑의 의양단자(衣樣單子, 옷의 치수를 적은 단자)를 적는다. 정임이는 영창이 생각을 잊을 만하다가도 시집이니 장가니 혼인이니 사위니 하는 말을 들으면 새로이 생각이 문득문득 나는 터이라. 외삼촌이 혼처 의논할 때에도 영창이 생각이 뼈에 사무쳐서 건넌방으로 들어가 눈물을 몰래 씻으며 속마음으로,

'부모가 나를 이왕 영창에게 허락하셨으니, 나는 죽어서

백골이 되어도 영창의 아내이라. 비록 영창이는 불행하였을 지라도 나는 결코 두 사람의 처는 되지 아니할 터이요, 저 아 저씨는 아무리 중매한다 하여도 입에선 바람만 들일걸.'
하는 생각이 뇌수에 맺혔으니 여자의 부끄러운 마음으로 그 부모에게는 아무 말도 못 하고 지내던 터이더니, 택일단자(擇日單子, 혼례 날) 보내는 것을 보매 가슴이 섬뜩하고 심기가 좋지 못하여 몸을 비비 틀며 참다가 못하여 그 모친의 귀에 대고 응석처럼 가만히 하는 말이라.

(정임) "나는 시집가기 싫어."

(부인) "이년, 계집아이년이 시집가기 싫은 것은 무엇이고, 좋은 것은 무엇이냐."

(이 시종) "그년이 무엇이래, 나중에는 별 망측한 말을 다 듣겠네."

(정임) "아버지 어머니 보고 싶어서 시집가기 싫어요."

(부인) "아비 어미 보고 싶다고 평생 시집 아니 갈까, 이 못생긴 년아."

부인의 말은 철모르는 말로 들리는 말이라. 정임이는 정색하고 꿇어앉으며,

(정임) "그런 것이 아니올시다. 아버지께서 열녀(烈女)는 불경이부(不更二夫, 두 남편을 섬기지 않음)라는 글 가르쳐 주셨지요. 나를 이왕 영창이와 결혼하라 하시고, 지금 또 시

집보낸다 하시니, 부모가 한 자식을 두 사람에게 허락하시는 법이 있습니까? 아무리 영창이 종적을 알지 못하나 다른 곳으로 시집가기는 죽어도 아니 하겠습니다."

이시종이 그 말을 듣더니 벌떡 일어서며 정임의 머리채를 휘어잡고 평생에 손찌검 한번 아니 하던 그 딸을 여기저기 함부로 쥐어박으며,

(이 시종) "요년, 요 못된 년, 그게 무슨 방정맞은 말이냐! 요년, 혓줄기를 끊어놓을라. 네가 영창이 예단(禮單, 예물 목록을 적은 종이)을 받았단 말이냐, 네가 영창이와 초례(醮禮, 혼례)를 지냈단 말이냐? 네가 간데없는 영창이 생각하고 시집 못 갈 의리가 무엇이란 말이냐, 아무리 어린년인들."
하며 죽일 년 잡쥐(엄하게 다그침)듯 하니, 부인은 겁이 나서,

(부인) "그만두시오. 그년이 어린 마음에 부모와 떨어지기 싫어서 철모르고 하는 말이지요. 어서 그만 참으시오."

(이 시종) "요년이 어디 철몰라서 하는 말이오. 제 일생을 큰일 내고 부모의 가슴에 못 박을 년이지……. 우리가 저 하나를 길러서 죽기 전에 서방이나 얻어 맡겨 근심을 잊을까 하는 터에……, 요년이."
하며 또 한참 때려 주니, 부인은 놀랍고 가엾은 마음에 살이 떨리고 가슴이 저려서 달려들며 이 시종의 손목을 잡고 정임

이 머리를 뜯어놓아 간신히 말렸더라.

　이 시종은 원래 구습을 개혁할 사상이 있는 터인 고로, 설령 그 딸이 과부가 되었을지라도 개가라도 시킬 것이요, 정혼하였던 것을 거리껴서 딸의 일평생을 그르치지 아니할 사람이라. 정임의 가슴 속에 철석같이 굳은 마음은 알지 못하고 다만 자기 속마음으로

　'정임이 말도 옳지 아니한 바는 아니로되, 내 생각을 하든지 정임이 생각을 하든지 소소한 일로 전정(前程, 앞 날)에 대불행을 취함이 불가하다.'

　생각하여 정임이를 압제 수단으로 그런 말은 다시 못 하게 하여놓고, 그날부터 침모(바느질을 맡아 하는 여자)를 부른다, 숙수(熟手, 음식을 만드는 사람)를 앉힌다 하여 바삐바삐 혼례를 준비하는데, 받아놓은 날이라 눈 깜짝할 사이에 벌써 열사흘 날 저녁이 되었으니, 그 이튿날은 백마 탄 새 신랑이 올 날이라. 정절(貞節, 여자의 곧은 절개)이 옥 같은 정임의 마음이야 과연 어떠하다 하리오. 건넌방에 혼자 누웠으니, 이 생각 저 생각 별 생각이 다 난다. 부모의 뜻을 순종하자 하니 인륜(人倫)의 죄인이 되어 지하에 가서 영창을 볼 낯이 없을 뿐 아니라 이는 부모의 뜻을 순종함이 아니오, 곧 부모를 옳지 못한 사람을 만드는 것이오, 부모의 뜻을 좇지 아니하자 하니 그 계책은 죽는 수밖에 없는데, 늙은 부모를 두고

참혹히 죽으면 그 죄는 차라리 시집가는 것이 오히려 경(輕)할지라. 아무리 생각하여도 어찌할 줄 모르다가 또 한 생각이 문득 나며 혼잣말로,

'시집이란 것이 다 무엇 말라죽은 것이야! 서양 사람은 시악시 부인도 많다더라.'

하고 벌떡 일어서서 안방으로 들어가 보니, 그 부모는 잔치 분별하기에 종일 곤뇌(困惱, 고민)하다가 막 첫잠이 곤히 든 모양이라. 문갑 서랍에 열쇠 패를 꺼내 가지고 골방으로 들어가 금고를 열고 십 원권, 오 원권을 있는 대로 집어내어 손가방에 넣어서 들고 나오니 시계는 아홉 점을 땡땡 치는데, 안팎으로 들락날락하며 와글와글하던 사람들은 하나도 없이 괴괴하고, 오동나무 그림자는 뜰에 가득차며 벽 틈에 여치 소리가 짤깍짤깍할 뿐이라. 다시 건넌방으로 들어가 종이를 내어 편지 써서 자리 위에 펴놓고 나와서, 그길로 대문을 나서며 한 번 돌아보니, 부모의 생각이 마음을 찌르나, 억지로 참고 두어 걸음에 한 번씩 돌아보며 효자문 네거리에 와서 인력거를 불러 타고 남대문 밖을 나서니, 이때 가을 하늘에 얇은 구름은 고기비늘같이 조각조각 연하고, 그 사이로 한 바퀴 둥근 달이 밝은 광채를 잠깐 자랑하고 잠깐 숨는데, 연약한 마음이 자연 상하여 흐르는 눈물을 씻고 또 씻는 사이에 벌써 인력거 채를 덜컥 놓는데 남대문 정거장에서 요령 소리

가 덜렁덜렁 나며 붉은 모자 쓴 사람이,

"후상, 후상, 후상 오이데마셍까(부산, 부산, 부산 안가시렵니까)?"

하고 외치는 소리가 장마 속 논 꼬(논의 물꼬)에 맹꽁이 끓듯하니, 이때는 하오 십 시 십오 분 부산 급행 차 떠나는 때라. 인력거에서 급히 내려 동경(東京)까지 가는 연락차표를 사 가지고 이등 열차에 오르니, 호각 소리가 '호르륵' 나며 기관차에서 '파 푸 파 푸' 하고 남대문이 점점 멀어지니, 앞길의 운산(雲山)은 창창하고 차 뒤의 연하(煙霞, 안개와 노을)는 막막하더라.

그 빠른 차가 밤새도록 가다가 그 이튿날 아침에 부산에 도착하니, 안방에서 대문 밖도 자세히 모르고 지내던 정임이는 처음 이렇게 멀리 온 터이라. 집에 있을 때에 동경(東京)을 가자면 남문역에서 연락차표를 사 가지고 부산 가서 연락선 타고 하관(下關, 시모노세키)까지 가고, 하관서 동경 가는 차를 다시 타고 신교(新橋)역에서 내린다는 말을 듣기는 들었지마는, 남문역에서 부산까지는 왔으나 연락선 정박한 부두 가는 길을 알지 못하여 정거장 머리에서 주저주저하다가,

"화륜선(火輪船, 증기 기관 배) 타는 선창을 어디로 가오?"

하고 물으매 이 사람도 물끄러미 보고 저 사람도 물끄러미 보

니 정임이가 집 떠날 때에 머리는 전반같이 땋은 채로 옷은 분홍 춘사 적삼, 옥색 모시 다린 치마 입었던 채로 그대로 쑥 나온 그 모양이라. 누가 이상히 보지 아니하리오? 그 많은 내외국 사람이 모두 여겨보더니, 그중에 어떤 사람이 아래위를 한참 훑어보다가,

"여보 작은아씨, 이리 와. 내가 부두까지 가는 길을 가르쳐줄 터이니."

하고 앞서서 가는데, 말쑥이 비취는 통량갓(통영에서 만든 갓) 속으로 반드르르한 상투는 외로 똑 떨어지고 후줄근한 왜사 두루마기(비단 두루마기)는 기름때가 조르르 흘렀더라.

정임이가 약기는 참새 굴레 쌀 만하지마는 세상 구경은 처음 같은 터이라. 다른 염려 없이 그 사람을 따라 부두로 나가는데, 부두로 갈 것 같으면 사람 많이 다니는 탄탄대로로 갈 것이건마는 이 사람은 정임이를 끌고 꼬불꼬불하고 좁디좁은 골목으로 이리 뺑뺑 돌고 저리 뺑뺑 돌아가다가, 어떤 오막살이 높은 등 달린 집으로 들어가며,

(그 사람) "나는 이 집에서 볼일 좀 보고 곧 가르쳐줄 것이니 이리 잠깐 들어와."

정임이는 배 탈 시간이 늦어가는가 하고 근심될 뿐 아니라 여자의 몸이 낯선 곳에 혼자 와서 사나이 놈 따라 남의 집에 들어갈 까닭이 없는 터이라.

(정임) "길 모르는 사람을 이처럼 가르쳐주고자 하시니 대단히 고맙습니다. 나는 여기서 잠깐 기다릴 터이니 어서 볼일 보십시오."

하고 섰더니, 그 사람이 그 집으로 들어간 지 한참 만에 어떤 계집 두 년이 머리에는 왜밀(기름) 뒤범벅을 해 붙이고 중문 가에서 기웃기웃 내다보며,

　"아이그, 그 처녀 얌전도 하다. 아마 서울 사람이지."

하고 나오더니,

　"여보, 잠깐 들어오구려. 같이 오신 손님은 지금 담배 한대 잡숫는데요. 우리 집에는 아무도 없소. 여편네가 여편네들만 있는 집에 들어오는 것이 무슨 관계가 있소? 어서 잠깐 들어왔다 가시오."

하며 한 년은 손목을 잡아당기고 한 년은 등을 미는데, 어찌할 수 없이 안마당으로 들어섰다. 길 가르쳐주마던 사람은 마루 끝에 걸터앉아 담배를 먹다가 정임이를 보더니,

　(그 사람) "선창을 물으면 배 타고 어디를 가는 길이야?"

　(정임) "동경까지 갑니다."

　(그 사람) "집은 어데인고?"

　(정임) "서울이야요."

　(그 사람) "동경은 무엇 하러 가?"

　(정임) "유학하려요."

(그 사람) "유학이고 무엇이고 저렇게 큰 처녀가 길도 모르고 어찌 혼자 나섰어?"

(정임) "지금 같이 밝은 세상에 처녀 말고 아무라도 혼자 나온들 무슨 관계있습니까."

(그 사람) "이름은 무엇이고 나이는 몇 살이냐?"

이렇게 자세히 묻는 바람에 정임이는 의심이 나며, 서울 뉘 집 아들도 일본으로 도망해 가다가 그 집에서 부산 경찰서로 전보하여 붙잡아 갔다더니, 아마 우리 아버지께서 전보한 까닭으로 경찰서에서 별순검(別巡檢, 비밀 순사)을 보내 조사(調査)하나 보다 하는 생각이 나서,

(정임) "배 탈 시간이 늦어가는데 길도 아니 가르쳐주고 남의 이름과 나이는 알아 무엇 하려오?"

하고 돌아서서 나오는데 그 사람이 달려들며 잡담(雜談) 제하고 끌어다가 뒷방에 넣고 방문을 밖으로 걸더라.

그 사람은 색주가(色酒家, 접대부가 있는 술집) 서방인데, 서울 사람과 상약(相約, 약속)하고 어떤 집 계집아이를 색주가 감으로 꾀어내는 판이라. 서울 사람은 그 계집아이를 유인하여 어느 날 몇 시 차로 보낼 것이니 아무쪼록 놓치지 말고 잘 단속하라는 약조가 있는 터에, 그 계집아이는 아니 오고 애매한 정임이가 걸렸으니 아무리 소리를 지른들 무엇 하며, 야단을 친들 무슨 수가 있으리오마는, 하도 무리한 경우

를 당하여 기가 막히는 중에,

'이렇게 법률을 무시하는 놈을 여러 사람에게 알리면 도리가 있으리라.'

생각하고 한 번 악을 쓰고 소리를 질렀더니, 그놈이 감언이설(甘言利說, 좋은 말로 남을 유혹함)로 달래다 못하여 회초리 찜질을 대는 판에 전신이 피뭉치가 되고 과연 견딜 수 없을 뿐 아니라, 죽고자 하여도 죽을 수도 없으니 이런 일은 평생에 듣지도 보지도 못하다가 꿈결같이 이 지경에 당하매 분한 마음이 이를 것 없으나 어찌할 수 없이 갇혀 있더니, 사흘 되던 날 밤에 문틈으로 풍뎅이 한 마리가 들어와서 쇠잔한 등불을 쳐서 끄는데 갑갑하고 무서운 생각이 나서 불이나 켜놓고 밤을 새우리라 하고, 들창 문지방을 더듬더듬하며 성냥을 찾으니, 성냥은 없고 다 부러진 대까칼(죽도)이 틈에 끼어 있는지라, 그 칼을 집어 들고 이리 할까 저리 할까 한참 생각하다가 마침내 문창살을 오린다. 칼도 어찌 안 들고 힘이 어찌 들던지 밤새도록 겨우 창살 한 개를 오리고 나니, 닭은 새벽 홰(새벽에 닭이 올라앉은 나무 막대를 치면서 우는 차례를 세는 단위)를 울고 먼촌의 개 짖는 소리가 나는데 그 창살 오려낸 틈으로 밖에 걸린 고리를 벗기고 가만히 나오니 죽었다가 살아난 듯이 상쾌한지라, 차차 큰길을 찾아가며 생각하니,

'이번에 이 고생한 것도 도시 의복을 잘못 차린 까닭이오,

또 동경을 가더라도 조선 의복 입은 사람은 하등 대우를 한다는데, 이 모양으로 아무 데도 가지 못하겠다.'

하고 어느 모퉁이에 서서 날 밝기를 기다려 가지고 곧 오복점(五服店, 일본 의복을 파는 가게)을 찾아가서 일본 옷 한 벌 사서 입고, 그 오복점 주인 여편네에게 간청하여 머리를 끌어올려 일본 쪽을 찌고, 또 그 여편네에게 선창 가는 길을 물어서 찾아가니, 이때 마침 연락선 일기환(부산과 일본을 왕래하는 배 이름)이 떠나는지라, 즉시 그 배를 타고 망망한 바다 빛이 하늘에 닿은 곳으로 가더라.

이 같은 곤란을 지내고 동경을 향하여 가는 정임이가 삼 일 만에 목적지 신교역에 내리니 그 시가의 화려하고 번창함이 참 처음 보는 구경이나, 여관을 어디로 가는지 모르고 한참 방황하다가 덮어놓고 인력거에 올라앉으니, 별안간 말하는 벙어리, 소리 듣는 귀머거리가 되어 인력거꾼의 묻는 말을 대답하지 못하고, 다만 손을 들어 되는대로 가리키니 인력거는 가리키는 대로 가고, 정임이는 묻는 대로 가리켜서 이리저리 한없이 가다가 어느 곳에 다다르니, '상야관'이란 현판 붙인 집 앞에서 오고 가는 사람에게 광고를 돌리는데, 그 광고 한 장을 받아 보니 무슨 말인지 의미는 알 수 없으나, 숙박료 일등에 얼마, 이등에 얼마라고 늘어 쓴 것을 보매 그 집이 여관인 줄 알고 인력거를 내려 들어가니, 벌써 여종(여자 종업원)

과 반또(지배인) 들이 나와 맞으며 들어가는 길을 인도하는
지라, 인하여 그 집에 여관을 정하고 우선 여관 주인에게 일
본말을 배우니, 원래 총명이 과인(過人, 보통 사람보다 뛰어
난 사람)하고 학문도 중학교 졸업은 되는 터이라, 일곱 달 만
에 못 할 말 없이 능통할 뿐 아니오, 문법도 막힐 곳 없이 무
슨 서적이든지 능히 보게 되매 그해 봄에 '소석천구 일본 여
자대학'에 입학하였는데, 그 심중에는 항상 부모의 생각, 영
창이 생각, 자기 신세 생각이 한데 뒤뭉쳐져서 주야로 간절
한 터이라. 그러한 뇌심(惱心) 중에 공부도 잘 되지 아니하련
마는 시험 볼 적마다 그 성적이 평균점 일공공(100)에 떨어
지지 아니하여 해마다 최우등으로 진급되니, 동경 여학생계
에 이정임의 이름을 모를 사람이 없이 명예가 굉장하더라.

　하루는 학교에서 하학하고 여관으로 돌아오니, 어떤 여학
도가 무슨 청첩을 가지고 와서 아무쪼록 오시기를 바란다고
간곡히 말하고 가는데, 그 청첩은 '여학생 일요강습회 창립
총회' 청첩이오, 그 취지는 여학생이 일요일마다 모여서 학
문을 강습하자는 뜻이라. 정임이는 근심이 첩첩하여 만사가
무심한 터이지마는, 그 취지서를 본즉 매우 아름다운 일인 고
로 그날 모인다는 곳으로 갔더니, 여학생 수십 명이 와서 개
회하고 임원을 선정하는데 회장은 이정임이요, 서기는 산본
영자라. 정임이는 억지로 사양치 못하고 회장석에 출석하여

문제를 내어 걸고 차례로 강연한 후에 장차 폐회할 터인데, 이때에 어떤 소년이 서기 산본영자의 소개를 얻어 회석에 들어오더니, 자기는 조선 유학생 강한영이라 하며, 강습회 조직하는 것을 무한히 칭찬하고, 이 회에 쓰는 재정은 자기가 찬성적으로 어디까지든지 전담하겠노라 하고 설명하며, 우선 금화 백 원을 기부하는 서슬에 서기의 특청으로 강소년이 그 회의 재무 촉탁이 되었는데, 이때부터 강소년은 일요일마다 정임을 만나면 지극히 반가워하고 대단히 정답게 굴어서 아무쪼록 친근히 사귀려고 하며, 혹 어떤 때는 공원으로 놀러 가자기도 하고, 야시(夜市, 야시장) 구경도 같이 가자기도 하나, 정임의 정중한 태도는 비록 여자끼리라도 특별히 친압 (親狎, 버릇없이 지나치게 친하다)하지 아니하거늘, 하물며 남자와 함께 구경 다닐 리가 있으리요. 그런 말 들을 적마다 정숙한 말로 대답하매 다시는 그런 말을 못 하는 터이오, 산본영자도 종종 여관으로 찾아오는데, 하루는 어떤 노파가 와서 자기는 산본영자의 모친이라 하며 자기 딸과 친절히 지내니 감사하다고 치하하고 가더니, 그 후로는 자주자주 다니며 혹 과자도 갖다 주며, 혹 화장품도 사다 주어 없던 정분을 갑자기 사고자 하며, 가끔가다가 던지는 말로 여자의 평생 신세는 남편을 잘 만나고 못 만나기에 있다고 이야기하더라.

정임이는 동경 온 지가 어언간 다섯 해가 되어 그 해 하기 시험으로 졸업하고, 증서 수여식 날 졸업장과 다수한 상품을 타매, 그 마당에 모인 고등 관인과 내외국 신사들의 칭송이 빗발치듯 하니 그런 영광을 비할 곳이 없을 뿐 아니오, 그 졸업장 한 장이 금 주고 바꾸지 아니할 만큼 귀한 것이라 그 마음에 오죽 기쁘리오마는, 정임이는 찬양도 귀에 심상히 들리고 좋은 마음도 별로 없어 즉시 여관으로 돌아와 삼층 장자(障子, 방과 방 사이에 칸을 막아 끼우는 문)를 열고 난간에 의지하여 먼 하늘에 기이한 구름 피어오르는 것을 바라보며, 내두(來頭, 미래)의 거취를 어떻게 할까 생각하고 앉았는데 산본 노파가 오더니 졸업한 것을 치하한다.

(노파) "이번에 우등으로 졸업하였다니 대단히 감축한 일이오그려. 들기에 어찌 반가운지 내가 치하하러 왔지요."

(정임) "감축이랄 것 무엇 있습니까?"

(노파) "저렇게 연소한 터에 벌써 대학교 졸업을 하였으니 참 고마운 일이야. 내 마음에 이처럼 반가울 적에 당신이야 오죽 기쁘며, 부모가 들으시면 얼마나 좋아하시겠소."

(정임) "나는 좋을 것도 없습니다. 학교 교사 여러 분의 덕택으로 졸업은 하였으나 아무것도 아는 것은 없으니 무엇이 좋습니까?"

(노파) "그런 겸사(謙辭, 겸손한 말)는 다 고만두시오. 내가

모른다구요?…… 그러나 우리 딸 영자야말로 인제 겨우 고등과 이년 급이니 언제나 대학교 졸업을 할런지요? 당신을 쳐다보자면 고소대(高所臺, 높은 곳) 꼭대기 같지."

(정임) "별말씀을 다 하십니다. 영자의 재주로 잠깐이지요. 근심하실 것 무엇 있습니까."

(노파) "당신은 얼굴도 어여쁘고 마음도 얌전하거니와 재주는 어찌 저렇게 비상하며, 학문은 어찌 저렇게 좋소? 나는 볼 적마다 부러워."

(정임) "천만의 말씀이오."

(노파) "당신은 시집을 가더라도 얼굴이 저와 같이 곱고 학문도 대학교 졸업한 신랑을 얻어야 하겠소."

(정임) "……."

(노파) "이 세상에는 저와 같은 짝이 없을걸."

(정임) "……."

(노파) "남녀 물론하고 혼인은 부모가 정하는 것이지마는, 이 이십 세기 시대에야 부모가 혼인 정해주기를 기다리는 사람이 누가 있나? 혼인이란 것은 제 눈에 들고 제 마음에 맞는 사람과 할 터인데……."

(정임) "……."

(노파) "왜 아무 이야기도 아니 하고 얼굴에 근심하는 빛이 있으니 웬일이오? 내가 혼인 이야기를 하니까 아마 시집갈

일이 근심되나 보구려. 혼인은 일평생에 큰 관계가 달린 일인데, 어찌 근심이 되지 아니하리까? 그렇지마는 근심할 것 없소. 내가 좋은 혼처 천거하리다. 이 말이 실없는 말 아니오. 자세히 들어보시오. 내가 남의 중대한 일에 잘못 소개할 리도 없고, 또 서양 사람이나 아미리가(아메리카) 사람에게 천거하는 것이 아니라, 같은 나라 사람이자 또 자격이 당신과 똑같은 터이니, 두고두고 평생을 구한들 어찌 그런 합당한 곳을 고를 수 있으리까? 다른 사람이 아니라 일요강습회에 다니는 강한영씨 말씀이오. 당신도 많이 만나 보셨겠지마는 얼굴인들 좀 얌전하며, 재조인들 여간 좋습더니까. 그 양반이 내 집에 주인을 정하고 삼 년을 나와 같이 지내는데, 그옥 같은 마음은 오던 날이나 오늘이나 마찬가지요, 학문으로 말하더라도 이번에 대학교 법률과 졸업을 하였으니 당신만 못하지 아니하고, 재산으로 말하더라도 조선의 몇째 아니 가는 부자랍디다. 내가 조선 사람의 부자이고 아닌 것을 어찌 알겠소마는, 이곳에 와서 돈 쓰는 것만 보면 알겠습디다. 그 양반이 돈을 써도 공익적으로나 쓰지, 외입 한번 하는 것도 못 보았어요. 만일 내 말이 못 믿거든 본가로 편지라도 해서 알아보고, 망설이지 말고 혼인 정하시오. 그 집은 대구(大邱)인데 이번에 나가면 서울로 이사한답디다. 암만 골라도 이러한 곳은 다시 구경도 못 할 터이니 놓쳐버리고 후회할 것 없이 두말 말고 정하시오. 당신도 그 양반을 모르는 터이 아니거니와 이 늙은 사람이 설마 남 못 할 노릇 시키려고 거짓말할 리 있소? 다시 생각할 것 없이 내 말대로 하시오."

그 노파는 졸업 치하가 변하여 혼인 소개가 되더니 잔말을 기다랗게 늘어놓는데 정임이는 조금 듣기가 귀찮은 터이라.

(정임) "그러하겠습니다. 여자가 되어 시집가는 것도 변 될 일이 아니오, 당신이 혼인 중매하시는 것도 괴이치 아니한 터이나, 그러나 나는 집 떠날 때로부터 마음에 정한 바 있어 다시는 변통 못 할 사정이올시다. 그 사정은 말할 필요가 없거니와 만일 내가 시집을 갈 것 같으면 그런 좋은 곳을 버리고 어떤 곳을 다시 구하리까마는, 내가 시집 아니 가기로 결심한 이상에야 다시 할 말 있습니까? 혼인 두 자〔二字〕에 대하여서는 두 말씀 마시기를 바랍니다."

이처럼 싹도 없이 끊어 말하매 노파는 다시 말 못하고, 무연히(낙담하여) 돌아갔는지라. 그 후로부터 일요강습회에도 다시 가지 아니하고 있더니, 집 생각이 간절하여 집에 돌아가 늙은 부모나 봉양하고 여학교나 설립하여 청년 여자들이나 가르치며 오는 세월을 보내리라 하고 귀국할 행장을 차리는 중인데, 하루는 궂은비가 종일 와서 심기가 대단히 울적하던 차에, 비 개이고 달 돋아오는 경이 하도 좋기에 옷을 갈아입고 상야공원에 가서 달구경 하고 오다가 불인지(不忍池)

가를 지나며 보니, 패(敗)한 연엽(蓮葉, 연잎)에는 비 흔적이 머무르고, 맑고 맑은 물결에는 위에도 관월교(觀月橋)요, 밑에도 관월교라. 그 운치를 사랑하여 돌아갈 줄을 잊어버리고 섰더니, 그 악소년을 만나 칼침을 맞고 병원으로 갔는데, 병원에서 의사가 상처를 진찰하니 창흔(創痕, 칼에 다친 흉터)은 후문(喉門, 목구멍)을 비끼고 빗나갔고, 창구(創口, 칼에 베인 상처)는 이분(分)이며 심(深, 깊이)은 일 촌(寸)에 지나지 못하여, 생명은 아무 관계 없고 놀라서 잠시 기색(氣塞, 정신을 잃어 기절함)한 모양이라. 의사는 응급 수술로 민속(敏速, 빠르게)히 치료하였으나 정임이는 그러한 광경을 생후에 처음 당하여 어찌 혹독히 놀랐던지 종시(終始, 끝내) 혼도(昏倒, 졸도)하였다가 간신히 정신을 차려 눈을 떠 보니, 동편 유리창에 볕이 쨍쨍히 비치고, 자기는 높은 와상(臥床, 침대)에 흰 홑이불을 덮고 누웠는지라, 어찌 된 곡절을 몰라 속생각으로,

'여기가 어디인가? 우리 여관에는 저렇게 볕들어본 적도 없고 이러한 와상도 없는데, 내가 뉘 집에 와서 이렇게 누웠나? 애고, 이상도 하다. 내가 아마 꿈을 이렇게 꾸나 보다'
하고 정신을 수습하는 때에, 의사가 간호부를 데리고 들어오는 뒤에 순사가 따라오는 것을 보고 그제야 전신구에 소름이 쪽 끼치며, 어젯밤 공원 생각이 나는데 의사가 창구를 씻고

약을 갈아 붙이더니, 순사가 앞으로 다가서며 자세자세하게 묻는다.

(순사) "당신의 성명은 누구라 하오?"

(정임) "이정임이올시다."

(순사) "연령은 얼마요?"

(정임) "십구 세올시다."

(순사) "당신의 집은 어데요?"

(정임) "조선 경성 북부 자하동 일백팔 통 십 호올시다."

(순사) "당신의 부친은 누구요?"

(정임) "이○○올시다."

(순사) "부친의 직업은 무엇이오?"

(정임) "우리 부친은 관인이더니 지금은 벼슬 없고, 전직은 시종원 시종이올시다."

(순사) "형제는 몇 분이오?"

(정임) "이 사람 하나뿐이올시다."

(순사) "당신이 무슨 일로 동경에 왔소?"

(정임) "유학하기 위하여 왔습니다."

(순사) "그러시오. 그러면 여관은 어디이며, 어느 학교 몇 년급에 다니오?"

(정임) "여관은 하곡구 거판정 십일 번지 상야관이오, 학교 는 일본 여자대학에 다니다가 거(去) 칠월 십일에 졸업하였

습니다."

(순사) "매우 고마운 일이오마는……. 어젯밤에 행흉(行凶, 사람을 죽임)하던 놈은 아는 놈이오, 모르는 놈이오?"

(정임) "안면은 두어 번 있었지요."

(순사) "안면이 있으면 그놈의 성명을 알며, 어디서 보았소?"

(정임) "성명은 강한영이요, 만나 보기는 여학생 일요강습회에서 만나 보았습니다."

(순사) "성명을 들으니 그놈도 조선 사람이오그려……. 그놈의 원적지와 유숙하는 여관은 어디인지 아시오?"

(정임) "본국 사람이로되 거주도 모르고, 여관도 어디인지 알 수 없으나 그 주인은 산본이랍디다."

(순사) "그러면 무슨 이유로 저 일을 당하였소?"

(정임) "이유는 아무 이유도 없습니다……. 여자가 되어 세상에 난 것이 죄악이지요."

정임이는 그 말 그치며 두 눈에 눈물이 핑 도는데, 순사가 낱낱이 조사하여 수첩에 기록해 가지고 매우 가엾다고 위로하며 의사를 향하여 아무쪼록 잘 보호하고 속히 치료해주라고 부탁하고 나가더라.

정임이가 이러한 죽을 욕을 보고 병원에 누웠으매 처량하기도 이를 것이 없고 별생각이 다 나는데,

'내가 집을 버리고 멀리 떠나서 늙은 부모의 걱정을 시키니, 이런 죄악을 왜 아니 당할 리 있나. 그렇지마는 내가 부모를 저버린 것이 아니오, 중대한 의리를 지킨 일이니, 아무리 어떠한 죄를 당할지라도 신명에 부끄러울 것은 없어. 내가 어려서 부모에게 귀함 받고 영창이와 같이 자랄 때에 신세가 이 지경 될 줄 누가 알았던가. 그러나 나는 무슨 고생을 하든지 이 세상에 살아 있거니와, 백골이 어느 곳에 헤어진지 알지 못하는 영창의 외로운 혼이 불쌍치 아니한가! 내가 바삐 지하에 돌아가 영창이를 만나서 어서 이런 말을 좀 하였으면 좋겠구면. 부모 생각에 할 수 없지……, 허……. 나의 한 몸이 천지의 이기(理氣, 별자리를 보고 점치는 일)를 타고 부모의 혈육을 받아 이 세상에 한 번 나온 것이 전만고후만고(前萬古後萬古, 먼 옛날부터 먼 훗날까지)에 다시 얻기 어려운 일인데, 이렇게 아까운 일생을 낙을 모르고 지내다가 죽는단 말인가. 참 팔자도 기박도 하다. 생각을 하면 간이 녹아 신문이나 보고 잊어버리겠다.'

하고 간호부를 불러 신문 한 장을 가져오래서 잠심(潛心, 마음을 가라앉힘)하여 보는데 제삼면 잡보(雜報)란에,

'김영창(연 십구)이라 하는 사람이 어떤 여학생과 무슨 감정이 있던지 재작일(再昨日, 그저께) 하오 십일 시경에 상야 공원 불인지 가에서 칼로 찌르다가 하곡구 경찰서로 잡혀갔

는데, 그 사람은 본디 조선 사람으로 영국 문과대학에서 졸업한 자이라더라'

게재하였는지라. 이 잡보를 보다가 하도 이상하여 한 번 다시 보고 또 한 번 더 훑어보아도 갈데없이 자기의 사실인데, 행패하던 놈의 성명이 다르매 더욱 이상하여 혼잣말로,

'아이고, 이상도 하다. 이 말이 정녕 내 말인데 그놈이 강가 아니오. 김영창이란 말은 웬 말이며, 영국 문과대학 졸업이란 말은 웬 말인고? 아마 신문에 잘못 게재하였나 보다. 내가 영창이 생각을 잊어버리자고 신문을 보더니……'

하고 신문을 땅에 던지다가 다시 집어 들고,

"김영창……, 김영창……, 문과대학 졸업?"

하며 무슨 생각을 새로 하는 때에 누가 어떤 엽서 한 장을 주고 나가는데 그 엽서는 재판소 호출장이라. 그 엽서를 받아 두고 병 낫기를 기다리더니, 병원에 온 지 일주일이 되매 상처도 완전히 치료되고 재판소에서 부르는 일자가 되었는지라, 병원에서 퇴원하여 여관으로 돌아가는 길에 곧 재판소로 가더라.

정임의 마음에 이렇듯이 새기고 새겨둔 영창이는 정임이를 이별하고 부모를 따라 초산으로 온 후에 날이 가고 해가 갈수록 역시 정임이가 영창이 생각함이나 진배없이 정임을

생각하며 가고 또 오는 날을 괴로이 지내더니, 하루는 정임에게서 편지가 와서 반갑게 떼어 본다.

(편지) '이별할 때에 푸르던 버들이 다시 푸르르니 하늘가를 바라보매 눈이 뚫어지고자 하나 바다는 막막하고 소식은 없으니, 난간에 의지하여 공연히 창자가 끊어질 뿐이오, 해는 가까우나 초산은 멀며, 바람은 가벼우나 이 몸은 무거워서 날아다니는 술업(마술)은 얻지 못하고 다만 봄꿈으로 하여금 괴롭게 하니, 생각을 하면 마음이 상하고 말을 하자니 이가 시구나.'

이러한 만지장서(滿紙長書, 사연이 긴 편지)를 채 다 보지 못하고 막 시작하여 여기까지 보는데 삼문 밖에서 별안간 '우지끈 뚝딱' 하며,
"아 — 우!"
하는 소리가 나더니 봉두난발(蓬頭亂髮, 헝클어진 머리)도 한 놈, 수건도 쓴 놈들이 혹 몽둥이도 들고, 혹 돌도 들고 우 몰려 들어오면서 우선 이방, 형방, 순로, 사령을 미친 개 때리듯 하며, 한 떼는 대청으로 올라와서 군수를 잡아 내리고, 한 떼는 내아(內衙, 관아의 안채)에 들어가서 부인을 끌어내어 한 끈에다가 비웃 두름(생선을 새끼로 엮은 것) 엮듯이 동여

앞히고 여러 놈이 둘러서서 한 놈은,

"물을 끓여라!"

한 놈은,

"장작더미에 올려 앉혀라!"

한 놈은,

"석유를 끼얹어라!"

한 놈은,

"구덩이를 파라."

또 한 놈은,

"이 애들, 아서라. 학정(虐政, 포악한 정치)은 모다 아전 놈의 짓이지 그 못생긴 원놈이야 술이나 좋아하고 글이나 잘 짓지 무엇을 안다더냐. 그럴 것 없이 집둥우리나 태워서 지경이나 넘겨라."

하는데, 그중 한 놈이 쓱 나서며,

"그럴 것 없이 좋은 수가 있다. 두 연놈을 큰 뒤주 속에 한데 넣어서 강물에 띄워버리자."

하더니 그 여러 놈들이,

"이애, 그 말 좋다……, 자……."

하며 뒤주를 갖다가 군수 내외를 집어넣고 자물쇠를 채우고 진상(進上, 임금이나 고관 따위에게 바침)가는 꿀 병 동이듯 이리 층층 얽고 저리 층층 얽어서 여러 놈들이 떠메고 압록강으로 나가는데, 정임이 편지 보던 영창이는 창졸(倉卒, 매우 급작스런)간에 하늘이 무너지고 땅이 꺼지는 듯한 난리를 만나매 어찌할 줄 모르고 몸부림을 하며 아버지 어머니를 부르고 울다가, 메고 나가는 뒤주를 쫓아가니 어떤 놈은 귀퉁이도 쥐어박고, 어떤 놈은 발길로 차기도 하며, 어떤 놈은,

"이애, 요놈은 작은 도적놈이다. 요런 놈 씨 받아서는 못쓰겠다. 요놈도 마저 뒤주 속에 넣어라."

하더니, 어떤 놈이 와서,

"아서라, 그까짓 어린 자식 놈이야 무슨 죄가 있느냐. 그렇지마는 요놈이 이렇게 잘 입은 비단옷도 모두 초산 백성의 피 긁은 것이니 이것이나마 입혀 보낼 것 없다."

하고 달려들며 입은 옷을 다 벗기고, 지나가는 거지 아이의 옷 해진 틈틈이 서캐(이의 알) 이가 터진 방앗공이(방아를 찧는 길쭉한 몽둥이)에 보리알 끼듯 한 옷을 바꾸어 입혀서 땅에 발이 붙지 않도록 들어 내쫓는다. 그 지경 당하는 영창의 마음에는, 자기는 죽인다 해도 겁날 것 없으되, 무죄한 부모가 참혹히 죽는 것이 비할 데 없이 애통한 생각에,

'나도 압록강에나 가서 기어코 우리 부모 들어앉아 계신 뒤주라도 붙들고 죽으리라'

하고 굴청·언덕을 헤아리지 아니하고 엎드러지며 자빠지며 압록강을 향하여 가는데, 읍내서 압록강이 몇 리나 되던지 밤

새도록 가다가 어느 곳에 다다르니 위도 하늘 같고 아래도 하늘 같은 물빛이 보이는데, 사면은 적적하고 넓고 넓은 만경창파(萬頃蒼波, 한없이 넓고 푸른 바다)에 총총한 별빛만 반짝반짝하며 오열하는 여울(물살이 세게 흐르는 곳) 소리가 슬피 조상(弔喪, 죽은 사람에게 조의를 표함)하는 듯할 뿐이오, 자기 부모는 어디로 떠나갔는지 알 수 없는지라, 하릴없이 언덕 위에 서서 창자가 끊어지는 듯이 울며 몇 번이나 강물로 떨어지려고 하다가 다시 생각하고,

'죽더라도 떠나가는 뒤주라도 보고 죽으리라.'

하여 물결을 따라 한없이 내려간다. 며칠이나 가고 어디까지나 왔던지 한 곳에 이르러서는 발도 부르트고 다리도 아플 뿐 아니라, 여러 날 굶어서 기운이 시진(澌盡, 기운이 빠져 바닥이 남)하여 정신 잃고 사장(沙場)에 넘어졌으니 그 동탕(動蕩, 얼굴이 잘생김)한 얼굴이야 어디 갈 것 아니지마는, 그 넘어진 모양이 하릴없는 쭉정이 송장이라. 강변 까마귀는 이리로 날며 '깍깍', 저리로 날며 '깍깍' 하고, 개떼는 와서 여기도 '꿋꿋' 맡아보고 저기도 '꿋꿋' 맡아보나 이것저것 다 모르고 누웠더니, 누가 허리를 꾹꾹 찌르고 또 꾹꾹 찌르는 섬에 간신히 눈을 들어 보니 어리어리하게 보이는 중에 키는 장승같고 옷은 시커멓고 코는 주먹덩이만 하고 눈은 여산(廬山) 칠십 리나 들어간 듯하여 도깨비 중에도 상도깨비 같은

사람이 옆에 서서 무슨 말을 하는데, 귀도 먹먹하지마는 무슨 말인지 어훈(말하는 소리)도 알 수 없고 말할 기운도 없거니와 대답할 줄도 모르고 눈만 멀거니 쳐다볼 뿐이라. 그 사람이 달려들어 일으켜 앉혀놓고 빨병을 내어 물을 먹이더니, 손목을 끌고 인가를 찾아가니 그곳은 신의주 나루터이오, 그 사람은 영국 문학박사 스미트라 하는 사람인데, 자선가로 영국에서 유명한 사람이라. 그 사람이 동양을 유람코자 하여 일본 다녀 조선으로 와서 부산, 대구, 경성, 개성, 평양, 의주를 다 구경하고 장차 청국 북경(北京)으로 가는 길에 이곳에서 영창이 넘어진 것을 보고, 얼굴이 비범한 아이가 그 모양으로 누웠는 것을 매우 측은히 여겨 즉시 끌고 신의주 개시장 일본 사람의 여관으로 들어가서 급히 약을 먹인다, 우유를 먹인다 하여 정신을 차린 후에 목욕을 시키고 새 옷을 사서 입히니, 그 준수(俊秀, 빼어난)한 용모가 관옥(冠玉) 같은 호남자이라. 곧 데리고 압록강을 건너가니 다 죽었던 영창이는 은인을 만나 목숨이 살아나매 그때는 아무 생각 없고 다만,

　'아무쪼록 생명을 보존하여 기회를 얻어 원수를 갚고 우리 부모의 사속(嗣續, 대(代)를 이음)을 전하리라.'
하는 마음뿐이라. 그 사람과 말이나 통할 것 같으면 사실 이야기나 자세히 하고 서울 이 시종 집으로나 보내달라고 간청해볼 터이건마는, 말은 서로 알아듣지 못하고, 하릴없이 그

사람 끌고 가는 대로 따라가는데, 서로 소 닭 보듯 하며 먹을 때 되면 먹고, 잘 때 되면 자고, 마차를 타고 막막한 광야도 가고, 기차를 타고 화려 장대한 시가도 지나가고, 화륜선을 타고 망망한 바다로도 가서 어디로 가는지도 모르고 가다가, 어느 곳에서 기차를 내리매 땅에는 철로가 빈틈없이 놓이고, 하늘에는 전선이 거미줄같이 얽혔으며, 넓고 넓은 길에 마차, 자동차, 자전거는 여기서도 쓰르르 저기서도 뜰뜰하고, 십여 층 벽돌집은 좌우에 쟁영(정연)하며 각색 공장의 연기 굴뚝은 밀짚 들어서듯 총총하여 그 굉장한 풍물이 영창의 눈을 놀래니 그곳은 영국 서울 '론돈(런던)'이오, 스미트의 집이 곧 그곳이라. 스미트는 영창을 데리고 집으로 들어가서 세계에 없는 보화를 얻어 온 듯이 귀히 여기니, 그 부인도 역시 자기 자식같이 사랑하며 날마다 말 가르치기로 일삼는데, 영창의 재조(재주)에 한 번 들은 말과 한 번 본 글자를 다시 잊지 아니하고 몇 날 못 되어 가정에서 날마다 쓰는 말은 능히 옮기매, 부인의 마음에 신통히 여기고 차차 지지(地誌), 산술, 이과(理科) 등의 소학교 과정을 가르치기에 재미를 붙이고, 영창이도 스미트 내외에게 친부모같이 정답게 굴며 근심빛을 외면에 드러내지 아니하더라.

정임이는 영창이 소식을 모르고 근심이 가슴에 맺혀서 옷끈이 자연 늦어지는 터이건마는, 영창이는 부모가 그 지경 된 것이 지극히 불쌍하여 백해(百骸, 온몸을 이루고 있는 뼈)가 녹는 듯이 슬픈 마음에 정임이 생각은 도시 잊었더니, 하루는 산술을 공부하는데 삼삼을 자승(33×33)하는 문제를 놓으며,

'삼삼구…… 삼삼구……, 또 삼삼구…… 삼삼구.'
하다가 문득 한 생각이 나며,

'옳지! 정임이가 남문(남대문)역에서 작별할 때에 편지나 자주 하라고 부탁하며 통호수를 잊거든 삼삼구를 생각하라더라. 편지나 부쳐서 소식이나 서로 알고 있으리라'
하고 초산서 봉변하던 말과 스미트를 따라 론돈 와서 공부하고 있는 말로 즉시 편지를 써서 우편으로 보내고, 다시 생각하고 편지 또 한 장을 써서 시종원으로 부쳤더니, 사오 개월이 지난 후에 그 편지 두 장이 한꺼번에 돌아 왔는데, 쪽지가 너덧 장 붙고 '영수인이 무하여 반환함'이라 썼으니 우편이 발달된 지금 같으면 성 안에 있는 이 시종 집을 어떻게 못 찾아 전하리오마는, 그때는 우체 배달이 유치(幼稚, 수준이 낮음)한 전 한국통신원(우편 업무를 담당한 기관) 시대라, 체전부(遞傳夫, 집배원)가 그 편지를 가지고 교동 삼십삼 통 구호를 찾아가매 불이 타서 빈터뿐이오, 시종원으로 찾아가매 이 시종이 갈려버린 고로 전하지 못하고 도로 보낸 것이라. 편지를 두 곳으로 부치고 답장 오기를 고대하던 영창이는 어

찌 된 사실을 몰라 마음에 더욱 불평히 지내는데, 차차 지각이 날수록 남의 나라의 문명 부강한 경황을 보고 내 나라의 야매(野昧, 촌스럽고 어리석음) 조잔(凋殘, 망하여 쇠퇴함)한 이유를 생각하매 다른 근심은 다 어디로 가고 다만 학업에 힘쓸 생각뿐이라. 즉시 학교에 입학하여 열심으로 공부하니 그 과공이 일취월장하여 열여섯 살에 중학교 졸업하고, 열아홉 살에 문과대학 졸업하니 그 학문이 훌륭한 청년 문학가가 되었는지라. 스미트 내외도 지극히 기뻐할 뿐 아니라 영국 문부성 관리들이 극구 찬송(칭송) 아니 하는 자가 없더니, 문부성 학무국장이 스미트를 방문하고 자기 딸을 영창에게 통혼하는지라. 영창이 생각에

'아무리 정임이와 서로 생사를 알지 못하나 내가 정임이 거취를 자세히 알기 전에는 다른 배필을 구하지 않으리라.' 하고 그제야 자기 사실과 정임의 관계를 낱낱이 스미트에게 이야기하고 학무국장의 의혼을 거절하였는데, 그해 유월에 스미트가 대일본 횡빈(橫濱, 요코하마) 주차 영사(領事)가 되어 일본으로 나오매 영창이도 스미트를 따라 횡빈 와서 있더니, 어느 때는 동경으로 구경 갔다가 지루한 가을장마에 구경도 못 하고 적적한 여관에서 파초 잎에 떨어지는 빗소리를 들으며 소설을 저술하는데, 고국 생각이 새로 간절한 중 정임이 소식을 하루바삐 알고자 하는 회포가 마음을 흔들어서,

'아마 정임이는 그 사이 시집을 갔을걸.'

하고 생각하며 하늘가에 돌아가는 구름을 유연히 바라보더니, 헤어져 가는 구름 너머로 쑥 솟아오르는 한 조각 달이 수정 같은 광휘를 두루 날리는지라, 곧 상야공원에 가서 산보하다가, 불인지 연못가에서 마침 어떤 사람이 칼로 여학생 찌르는 것을 보고 자닝(잔인)한 생각이 왈칵 나서 소리를 지르고 급히 쫓아가니 여학생의 목에 칼이 박혔는지라. 그 칼을 얼른 빼어 들고 생각하매.

'그놈은 벌써 달아났으니 경찰서에 고발하기도 혐의쩍고, 그대로 가자 하니 이것이 사나이 일이 아니라.'

사기가 대단히 망단(望斷, 이러지도 저러지도 못 함)하여 어찌할 줄 모르고 한창 생각할 때에 행순하던 순사에게 잡혀가니, 신문하는 마당에 무어라고 발명할 증거는 없으나 사실대로 말하니, 그 말은 아무 효력 없고 애매한 살인 미수범이 되어 즉시 재판소로 넘어가서 감옥소에 갇혀 있더라.

이때 정임이가 호출장을 가지고 재판소로 들어가니, 검사가 그 날저녁에 당했던 사실을 자세히 조사하더니 어떤 죄인을 대면시키고,

(검사) "저 사람이 공원에서 칼로 찌르던 사람 아니냐?"

하고 묻는데 정임이는 그 사람의 얼굴을 자세히 보고 병원에

서 신문 보던 일을 생각하니 얼굴 전형도 흡사한 영창이 어렸을 때 모습이오, 눈, 귀, 콧부리도 모두 영창이라, 은근히 반가운 마음이 염통 밑을 쑤시나, 한편으로 그 사람이 정녕 영창인지 아닌지 의심도 없지 아니할 뿐 아니라 경솔히 반색할 일도 못 되고 또 관청에서 사삿말(개인의 사사로운 말)도 할 수 없는 터이라, 검사의 말 대답할 겨를도 없이 그 죄인을 물끄러미 보다가 한참 만에 대답을 한다.

(정임) "저이는 그 사람이 아니올시다. 그러나 저 사람에게 한 마디 물어볼 말씀이 있사오니 잠깐 허가하심을 바랍니다."

(검사) "무슨 말을?"

(정임) "이 사건에 대한 일은 아니오나 사사로이 물어볼 만한 일이 있습니다."

(검사) "무슨 말인지 잠깐 물어보아."

정임이는 검사의 허락을 얻어 가지고 그 죄인을 대하여 조선말로 묻는다.

(정임) "당신은 어찌 된 사유로 이곳에 오셨소?"

(죄인) "다른 까닭이 아니라 공원 구경 갔다가 어떤 놈이 젊은 부인을 모해코자 함을 보고 마음에 대단히 송연(竦然, 오싹 소름이 끼치다)하여 급히 쫓아갔더니 그놈은 달아나고 내가 발명할 수 없이 잡혀 왔습니다. 그 부인이 아마 당신이신게요그려. 그때는 매우 위험하더니 천만에 저만하신 것이

대단히 감축합니다."

(정임) "그러하시오니까. 나는 그때 정신 잃고 아무것도 몰랐습니다그려. 위태함을 무릅쓰고 이만 사람을 구하여주시니 대단히 고맙습니다마는, 애매히 여러 날 고생을 하여 계시니 가엾은 말씀을 어찌 다 하오리까. 그러나 존함은 누구신지요?"

(죄인) "이 사람은 김영창이올시다."

(정임) "여러 번 묻기는 너무 불안합니다마는, 내게 은인이 되시는 터에 자세히 알아야 하겠습니다. 황송한 말씀으로 춘부장(남의 아버지를 이르는 말)은 누구시오니까?"

(죄인) "은인이라 하심은 천만에 말씀이올시다. 우리 선친(돌아가신 자기 아버지를 이르는 말)은 ○○올시다."

(정임) "그러면 관직은 무슨 벼슬을 지내셨습니까?"

(죄인) "비서승(秘書丞) 지내시고 초산 군수로 돌아가셨습니다."

하면서 눈살을 찡그리는데 정임이는 그 말을 들으매 다시 물을 것 없이 뇌수에 맺혀 있는 그 영창이라. 죽은 줄 알던 영창이를 뜻밖에 만나니 정신이 아득아득하며 기쁜 마음이 진하여 슬픈 생각이 생겨서 아무 말 못하고 눈물이 비 오듯 하는데, 영창이는 감옥서에 갇혀서 발명하기를 근심하다가 여학생 대면시키는 것이 대단히 상쾌하여 이제는 발명되겠다고 생각하더니, 그 여학생은 일본 말로 검사와 수작하매 무슨 말인지 몰라 궁금하던 차에, 여학생이 조선말로 자세히 묻는 것이 하도 이상하여 그 얼굴을 살펴보니, 남문역에서 한번 이별한 후로 십 년을 못 보던 정임의 용모가 여전하나 역시 의아하여 다른 말은 할 수 없고 다만 묻는 말만 대답하니, 마침내 낙루(落淚, 눈물을 흘림)하는 것을 보매 의심이 더욱 나서 한 번 물어본다.

(영창) "여보시오, 자세히 물으시기는 웬일이며, 또 낙루하시기는 어찌한 곡절이오니까?"

(정임) "나를 생각지 못하시오? 나는 이 시종의 딸 정임이오."

하며 흑흑 느끼니 철석(鐵石)같은 장부의 창자도 이 경우를 당하여서는 어찌할 수 없이 눈물을 보내 수건을 적시더라. 신문하던 검사는 어찌 된 까닭을 모르고 정임을 불러 묻는지라. 정임이가 영창이와 같이 자라던 일로부터 부모가 혼인 정하던 말과, 초산 민요 후에 서로 생사를 모르던 말과, 동경와서 유학하는 원인과, 오늘 의외로 만난 말을 낱낱이 이야기하니 검사가 그 말을 들으매, 김영창은 백백 애매할 뿐 아니라 그 사실이 매우 신기한지라, 검사도 정임의 절개를 무한히 칭찬하며 한가지 내어보내고, 강소년을 잡으려고 각 경찰소로 전화도 하고 조선 유학생도 일변 조사하니 각 신문에

'불행위행'이라 제목 하고 정임의 사실의 수미(首尾, 처음과 끝)를 게재하여 극히 찬양하였으매 동경 있는 조선 유학생이 그 사실을 모를 사람이 없더라.

정임이와 영창이가 재판소에서 나와서 같이 여관으로 돌아와 마주 앉으니 몽몽한 꿈속에 보는 것도 같고, 죽어 혼백이 만난 듯도 하여 그 마음을 이루 측량할 수 없는지라, 서로 울기도 하고 웃기도 하며 그 사이 풍파 겪고 고생하던 이야기를 작약(雀躍, 뛰며 기뻐함)히 하다가, 횡빈 영국 영사관으로 내려가서 정임이는 스미트를 보고 영창이 구제함을 감사히 치하하고, 영창이는 공교히 정임이 만난 말을 하며 본국으로 나가서 혼례 지낼 이야기를 하니, 스미트도 대단히 신기히 여기고 혼례 준비금 삼천 원을 주는지라, 정임이는 곧 장문전보(長文電報)를 본가로 보내고 영창이와 한가지 발정(發程, 출발)하여 서울 남문 정거장에 가까이 오니, 한강은 용용(溶溶)하고 남산은 의의(依依)하여 의구한 고국산천이 환영하는 뜻을 머금었더라.

정임이 동경으로 가던 그 이튿날 아침에 이 시종 집에서는 혼인 잔치 차리느라고 온 집안이 물 끓듯 하며 봉채(혼인 전에 신랑 집에서 신부 집으로 채단(采緞)과 예장(禮狀)을 보내는 일) 시루를 찐다, 신랑 마중을 보낸다 법석을 하는데, 신부는 방문을 척척 닫고 일고삼장(日高三丈, 날이 밝아 해가 높이 뜨다)하도록 일어나지 아니하매 이 시종 부인이 심히 이상히 여기고,

"이애 정임아, 오늘 같은 날 무슨 잠을 이리 늦게 자느냐? 어서 일어나서 머리도 빗고 세수도 하여라. 벌써 수모(手母, 혼례에서 신부의 단장을 도와주는 여자)가 왔다."
하며 방문을 열어 보니, 정임이는 간곳없고 웬 편지(便紙) 한 장이 자리 위에 펴 있는데,

(편지) '불효의 딸 정임은 부모를 떠나 멀리 가는 길을 임하여 죽기를 무릅쓰고 두어 마디 황송한 말씀을 아버님께 어머님께 올리나이다. 대저 사람이 세상에 처하여 윤강(倫綱, 오륜과 삼강을 이르는 말)을 지키지 못하면 가히 사람이랄 것 없이 금수와 다르지 아니함은 정한 일이 아니오니까? 그러하온데 부모께옵서 기왕 이 몸을 영창이에게 허혼(許婚)하였사오니 비록 성례(成禮)는 아니 하였을지라도 영창의 집 사람이 아니라고 할 수 없는 터이라 어찌 영창이 있고 없는 것을 헤아리오리까. 지금 사세(事勢, 형세)로 말씀하오면 위에 늙은 부모가 계시고 아래에 사내아이 동생이 없으매 그 정형(情形)이 대단히 절박(切迫)하오나 그 사정을 알지 못하는 바는 아니오나, 지금 만일 부모의 두 번 명령하심을 복종하와

다른 곳으로 또 시집가오면 이는 부모로 하여금 그른 곳에 빠지게 하여 오륜(五倫)의 첫째를 위반함이오, 이 몸으로서 절개를 잃어 삼강(三綱)의 으뜸을 문란(紊亂)케 함이오니, 정임이가 비록 같지 못한 계집아이오나 어찌 조그마한 사정을 의지하여 윤강을 어기고 금수에 가까운 일을 차마 행하오리까. 그러하므로 죽사와도 내일 일은 감히 이행치 못하옵고 곧 만리붕정(萬里鵬程, 가야 할 머나먼 길)의 먼 길을 향하오니, 부모의 슬하를 떠나 걱정을 시키는 일은 실로 불효막심(不孝莫甚)하오나 백번 생각하고 마지못하여 행하옵나이다. 그러하오나 멸학매식(滅學昧識, 배움이 없어 식견이 좁다)한 천질(賤質)로 해외에 놀아 문명 공기를 마시고 좋은 학문을 배워 돌아오면 이 어찌 영화(榮華)가 되지 아니하오리까. 머지 아니하여 돌아오겠사오니 과도히 근심 마옵시기를 천만 바라오며, 급히 두어 자로 갖추지 못하오니 아버님 어머님은 만수무강(萬壽無疆, 탈 없이 오래 삶)하옵소서.'

부인이 이 편지를 집어 들고 깜짝 놀라며 자세히 보지도 않고 사랑에 있는 이 시종을 청하여 그 편지를 주며 덜덜 떠는 말로,

(부인) "이거 변괴요그려. 요런 방정맞은 년 보아."

(이 시종) "왜 그리야, 이게 무엇이야……, 응?"

하고 그 편지를 받아보는데 부인의 마음에는 그 딸이 죽어서 나간 듯이 서운 섭섭하여 비죽비죽 울며 목멘 소리로,

　(부인) "고년이 평일에 동경 유학을 원하더니 아마 일본을 갔나 보오. 고년이 자식이 아니라 애물(애를 태우거나 성가시게 구는 물건이나 사람)이야. 고 어린년 어디 가서 고생인들 오죽할라구. 고년이 요런 생각을 둔 줄 알았다면 아이년으로 늙어 죽더라도 고만두었지. 그러나저러나 아무 데를 가더라도 죽지나 말았으면."

하며 무당 넋두리하듯 하는데 이 시종이 그 편지를 다 보더니,

　(이 시종) "여보, 요란스럽소. 떠들지나 마오."

하고 전보지를 내어 정임을 압류(押留)하여달라고 부산 경찰서로 보내는 전보를 써 가지고 전보 부칠 돈을 꺼내려고 철궤를 열어보니, 귀 떨어진 엽전 한 푼 아니 남기고 죄다 닥닥 긁어내었는지라, 하릴없어 제 은행 소절수(小切手, 수표)에 도장을 찍어 지갑에 넣더니.

　(이 시종) "여보 마누라, 나는 전보 부치고 바로 부산까지 다녀올 터이니 집안일은 마누라가 휘갑(뒤섞여 어지러운 일을 마무름)을 잘하오."

하고 나갔는데, 부인은 정신없이 허둥지둥할 사이에 잔치 손님이 꾸역꾸역 모여들고, 마침 중매 아비 정임의 외삼촌이 오

는지라, 부인이 그 동생을 붙들고 정임이 이야기를 한창 하는 판에 새 신랑이 사모관대(紗帽冠帶, 결혼식 때 신랑이 쓰는 모자와 띠) 하고 안부(雁夫, 혼례 때 신랑 앞에 기러기를 들고 가는 사람)를 말머리에 앞세우고 우적우적 달려드니, 부인 남매는 신부가 밤사이에 도망하였다는 말을 어찌 하며, 또 갑자기 죽었다고 핑계도 할 수 없는 터이라 어찌할 줄 모르고 창황망조(蒼黃罔措, 너무 급하고 놀라서 어쩔 줄 모름)하다가 동에 닿지도 않는 말로 신부가 지나간 밤에 급히 병이 나서 병원에 가 있다고 우선 말하니 그 눈치야 누가 모르리오. 안손, 바깥손, 내 하인, 남의 하인 할 것 없이 모두 이 구석에도 몰려서 수군수군, 저 구석에도 몰려서 수군수군 하는데, 신부 없는 혼인을 어찌 지낼 수 있으리오. 닭 쫓던 개는 지붕이나 쳐다보지마는 장가들러 왔던 신랑은 신부를 잃고 뒤통수치고 돌아서고, 정임의 외삼촌은 즉시 신랑의 부친 박과장을 가서 보고 정임의 써놓고 간 편지를 내어보이며, 사실의 수미를 자세히 이야기하고 무수히 사과하였으나, 그 창피한 모양은 이루 말할 수 없으며, 이 시종은 그길로 즉시 부산을 내려가서 연락선 타는 선창목을 지키나, 그때 색주가 서방에게 잡혀가 갇혀 있는 정임이를 어찌 그림자나 구경할 수 있으리오. 하릴없이 그 이튿날 도로 올라오는 길에 경찰서에 가서 간권(懇勸, 간절히 권함)히 다시 부탁하고 왔으나 정임이는 일본 옷 입고 일본 사람 틈에 끼어 갔으매 경찰서에서도 알지 못하고 놓쳐 보낸 것이더라.

이 시종 내외는 생세지락(生世之樂, 세상을 사는 재미)을 그 외딸 정임에게만 붙이고 늙어 가는 터이라 응석도 재미로 받고, 독살도 귀엽게 보며, 근심이 있다가도 정임이 얼굴만 보면 없어지고, 화증이 나다가도 정임이 말만 들으면 풀어지며, 어디를 갔다 오다가도 대문간에서 정임이부터 찾으며 들어오는 터이더니, 정임이가 흔적 없이 한번 간 후로 정임의 거동은 눈에 암암하고, 정임이 목소리는 귀에 쟁쟁하여 정임이 생각에 곤한 잠이 번쩍번쩍 깨어 미칠 것같이 지내는데, 어느 날 아침에는 하인이 어떤 편지 한 장을 가지고 들어오며,

"이 편지가 댁에 오는 편지오니까? 우체사령이 두고 갔습니다."

하는데 피봉 전면에는 '경성북부 자하동 108, 10 이 시종 ○○ 각하' 라 쓰고, 후면에는 '동경시 하곡구 거판정 십일 번지 상야관 이정임' 이라 하였는지라, 이 시종이 받아 보매 눈이 번쩍 띄어,

(이 시종) "마누라, 마누라! 정임이 편지가 왔소그려."

(부인) "아에그! 고년이 어디 가서 있단 말씀이오?"

하며 반가운 마음을 이기지 못하여 비죽비죽 우는데 이 시종

이 그 편지를 떼어보니,

(편지) '미거(未擧, 철이 없고 사리에 어둡다)한 여식이 오괴(迂怪, 물정에 어둡고 괴상하다)한 마음으로 불효됨을 생각지 못하옵고, 홀연히 한번 집 떠난 후에 성사(盛事, 성대한 일)를 오래 궐(闕)하오니 지극히 황송하옵고 또한 문후(問候, 안부)할 길이 없사와 민울(悶鬱, 안타깝고 답답하다)한 마음이 측량할 길 없사오며 그사이 추풍은 불어 다하고 쌓인 눈이 심히 춥사온데 기체후(氣體候, 기력과 체력을 높이는 말) 일향 만안(一向萬安, 내내 평안하다)하옵시고, 어머님께옵서도 안녕하시오니까. 복모구구(伏慕區區, 사모하는 마음 그지없다는 뜻) 불리옵지 못하오며, 여식은 그때 곧 동경으로 와서 공부하고 잘 있사오나, 아버님 어머님 뵈옵고 싶은 마음과, 부모님께옵서 이 불효의 자식을 과히 근심하실 생각에 잠이 달지 아니하며 먹어도 맛을 알지 못하고 항상 민망히 지내옵나이다. 그러하오나 집에 있을 때에 지어주는 옷이나 입고 다 해놓은 밥이나 먹으며 사나이가 눈에 띄면 큰 변으로 알아 대문 밖을 구경치 못하옵다가, 이곳에 와서 처음으로 문명국의 성황을 관찰하오매 시가의 화려함은 좁은 안목에 모두 장관이옵고, 풍속의 우미(優美, 뛰어나게 아름다움)함은 어둔 지식에 배울 것이 많사와 날마다 풍속 시찰하기에 착심

(着心, 어떤 일에 마음을 붙임)하고 있사오니, 본국 여자는 모두 집안에 칩복(蟄伏, 자기 처소에 들어박혀 몸을 숨김)하여 능히 사람 된 직책을 이행치 못하고 그 영향이 국가에까지 미치게 함이 마음에 극히 한심하옵기, 속히 학교에 입학하여 신학문을 많이 공부하여가지고 귀국하와 일반 여자계를 개량코자 하옵나이다. 이 자식은 자식으로 생각지 마옵시고 너무 걱정 마시기를 천만 바라오며, 내내 기운 안녕하옵시기 엎디어 비옵고 더할 말씀 없사와 이만 아뢰옵나이다!'

년 월 일
여식 정임 상서

그 편지를 내외분이 돌려가며 보다가,

(부인) "아이그 고년이야, 어린년이 동경을 어찌 갔나! 고년, 조꼬만 년이 맹랑도 하지. 영감은 그때 부산서 무엇을 보고 오셨소? 경관도 변변치 못하지…… 그러고저러고 아무 데든지 잘 가 있다는 소식을 알았으니 시원하오마는, 우리가 늙어 오늘 죽을지 내일 죽을지 모르는 처지에 그 딸자식 하나를 오래 그리고는 못 살겠소. 기다랗게 할 것 없이 영감이 가서 데리고 오시오. 시집만 보내지 아니하면 고만이지요. 제가 마다하고 아니 가는 시집을 부모인들 어찌하겠소."

(이 시종) "그렇지마는 사기가 이렇게 된 이상에 그것을 데

려오면 어떻게 한단 말이오? 점점 모양만 더 창피하니 나중에 어찌하던지 저 하는 대로 내버려두고 왁자히 소문 내지 마시오.”

부인은 단지 그 딸을 간 곳도 모르고 그리던 끝에 보고 싶은 생각이 더욱 바빠서 한 말인데, 그 남편의 대답이 이렇게 나가매 조조(躁躁, 매우 조급함)한 마음을 참고 있으나, 원래 부인의 성정이라 딸 보고 싶은 생각만 나면 그만 데려오라고 은근히 그 남편을 조르는 터이지마는 이 시종은 그렇지 아니한 이유를 그 부인에게 간곡히 설명하고 다달이 학자금 오십 원씩 보내주며, 언제든지 제 마음 내키는 대로 돌아오기만 기다리고 두 내외가 비둘기같이 의지하여 한 해 두 해 지내는데, 늙어갈수록 정임의 생각이 간절하여 몸이 좀 아프기만 하면 마음이 더욱 처연한 터이라. 하루는 부인이 몸이 곤하여 안석에 의지하였는데 홀연히 마음이 좋지 못하여,

‘몸이 이렇게 은근히 아프니 아마 정임이를 다시 못 보고 황천(黃泉, 저승)에 가려나 보다.’

하며 생각하고 누웠더니 서창으로 솔솔 불어오는 맑은 바람에 낮잠이 혼곤히 오는데, 전에 살던 교동 집에서 옥동 박 신랑과 정임이 혼인을 지낸다고 수선하는 중에 난데없는 영창이가 칼을 들고 별안간 달려들며 내 계집을 또 시집보내는 놈이 누구냐고 소리를 벽력같이 지르고 이 시종을 칼로 찍으니

이 시종이 마루에 넘어져서 발을 버둥버둥하며,

"어…… 어……!"

하는 소리에 잠을 번쩍 깨니 대문간에서 어떤 사람이 문을 두드리며

"전보 들여가오, 전보 들여가오."

하는 소리가 귀에 그렇게 들리는지라, 그때 하인은 다 어디로 갔던지 부인이 급히 나가 전보를 받아 보니 정임에게서 온 전보이라. 꿈 생각하고 정임이 전보를 받으매 가슴이 선뜩하여 급히 떼어 보니 전보지는 대여섯 장 겹치고 전문은 모두 꾸불꾸불한 일본 국문이라, 볼 줄은 알지 못하고 갑갑하고 궁금하여,

"이게 무슨 말인고? 요사이 꿈자리가 어지럽더니 근심스러운 일이 또 생겼나 보다. 제가 나올 때도 되었지마는 나온다는 말 같으면 이렇게 길지 아니할 터인데, 아마 병이 들어 죽게 되었다는 말이겠지."

하며 중얼중얼하는 때에 이 시종이 들어오는지라. 부인이 전보를 내어놓으며 꿈 이야기를 하는데 이 시종도 역시 소경 단청(사물을 보아도 알지 못하는 것)이라, 서로 답답한 말만 하다가 일본어학 하는 사람에게 번역해다가 보니 다른 말 아니오, 상야공원에서 봉변하던 말과 의외에 영창이 만난 말과 영창이와 방금 발정(發程)하여 어느 날 몇 시에 서울 도착한다

는 말이라. 일변 놀랍기도 하고 일변 반갑기도 하여, 이 시종은 감투를 둘러쓰고 돌아다니며 작은사랑을 수리해라, 건넌방에 도배를 해라 분주히 날치고, 부인은 안방으로 들어갔다 마루로 나섰다 정신없이 수선하며 내외가 밥 먹을 줄도 모르고 잠잘 줄도 모르고 칙사(勅使, 임금의 명령을 전달하는 사신)나 오는 듯이 야단을 치더니, 정임이 입성한다는 날이 되매 남대문역으로 정임이 마중을 나가는데 정임이 타고 오는 기차가 도착하니, 그때 정거장 한 모퉁이에는 서로 붙들고 눈물 흘리는 빛이더라.

정임이는 좋은 학문도 많이 배우고 가슴에 못이 되던 영창이를 만나서 다섯 해 만에 집에 돌아와 그 부모를 뵈니 이같이 기쁜 일은 다시 없이 여기고 왕사(往事, 지난 일)는 다 잊어버린 터이지마는 이 시종이 좋은 마음이야 오죽할 것이나, 정임이를 박과장 집으로 시집보내려고 하던 생각을 하매 정임이 볼 낮도 없을뿐더러, 더구나 영창이 보기가 면난(面赧, 부끄러워 낯이 붉어짐)하여 좋은 마음은 속에 품어두고 정임이나 영창이를 대할 적마다 부끄러운 기색이 표면에 나타나더니, 그 일은 이왕 지나간 일이라 그런 생각은 다 접어놓고, 일변 택일을 하고 일변 잔치를 차리며 일변은 친척, 고우(故友)에게 청첩을 보내서 신혼 예식을 거행하였는데, 예식을 습관으로 할 것 같으면 전안(奠雁, 금실 좋은 부부로 살겠다고 하는 맹세)도 하고 초례(醮禮, 혼인하는 의식)도 하겠지마는 이 시종도 신식을 좋아하거니와 신랑 신부가 모두 신 공기 쏘인 사람이라, 구습은 일변 폐지하고 신식을 모방하여 신혼식을 거행한다. 신랑은 문관 대례복(文官大禮服, 혼인할 때 입는 관복)에 신부는 부인 예복을 입고 청결한 예식장에 단정히 마주 선 후에 신부의 부친 이 시종 매개로 악수례를 행하니, 그 많이 모인 잔치 손님들은 그런 혼인을 처음 보는 터이라, 혹 입을 막고 웃는 사람도 있고, 혹 돌아서서 흉보는 사람도 있으며, 그중에서도 습관을 개혁코자 하는 사람은 무수히 찬성하는데, 한편 부인석에서 나이 한 사십 된 부인이 나서더니,

"이 사람이 아무 지식은 없사오나 오늘 혼례에 대하여 할 줄 모르는 말 서너 마디 할 터이오니 여러분은 용서하십시오."

하고 연설을 시작한다.

(연설) "대저 신혼 예식이라 하는 것은 한 남자와 한 여자가 비로소 부부가 된다고 처음으로 맹약하는 예식이 아니오니까? 그런 고로 그 예식이 대단히 소중한 예식이올시다. 어째 소중하냐 하면 한번 이 예식을 지낸 후에는 백 년의 고락을 같이하며 만대의 혈속을 전할 뿐 아니오, 남편 되는 사람은 또 장가들지 못하고 더군다나 아내 되는 사람은 다른 남

자를 공경하는 일이 절대적 없는 법이니, 이렇게 소중한 혼례식이 어디 또 있겠습니까? 그러하나 그 내용상으로 말하면 이같이 중대하지마는 그 표면적으로 말하면 한 형식에 지나지 못하는 일이라고 하겠습니다. 왜 그러하냐 하면, 이 예식을 지내고라도 남편이 아내를 버린다든지, 아내가 행실이 부정할 것 같으면 소위 예식이라 하는 것은 한 희롱이 되고 말 것이오, 만일 예식은 아니 지내고라도 부부가 되어 혼례식 지낸 사람보다 의리를 잘 지키면 오히려 예식 지내고 시종이 여일치 못하니보다 낫지 아니하겠습니까. 그러하니 그 의리라 하는 것은 이왕 말씀한 바와 같이 남편은 또 장가들지 못하고, 아내는 다른 남자를 공경치 못하는 것이올시다. 그러나 그중에 아내 되는 사람의 책임이 더욱 중하니 서양 풍속 같으면 남녀가 동등 권리를 보유하여 남편이나 아내나 일반이지마는, 원래 동양 습관에는 남편은 어떠한 외입을 하든지 유처취처(有妻聚妻, 아내가 있는데도 또 아내를 얻음)하여 몇 번 장가를 들든지 아무 관계없으나 여자가 만일 한번 실절(失節)하면 세상에 다시 용납치 못할 사람이 되니, 남녀가 동등되지 못하고 남편의 자유를 묵허(默許, 묵인)함은 실로 불미(不美)한 풍속이지마는, 그는 여자가 권리를 스스로 잃는 것이라 말할 필요가 없거니와, 아내가 절개를 지키는 것은 원리적으로 여자의 직분이 아니오니까? 그러하지마는 음분난행(淫奔亂行, 음란한 행동)은 여자에게서 먼저 생기는 고로 옛적 성인도 '열녀는 불경이부(不敬二夫, 두 남편을 섬기지 아니함)'라 하여 여자를 더욱 경계하셨으니, 남의 아내 된 사람의 책임이 얼마나 더 중합니까? 그러하나 그 의리와 직책을 잘 지키기 장히 어려운 고로 열녀가 나면 그 영명(榮名)을 천고에 칭송하는 바가 아니오니까? 그러한데 오늘 신혼식 지낸 신부 이정임이는 가히 열녀의 반열(班列)에 참례하겠다 합니다. 그 이유를 말하고자 하면, 정임이 강보(襁褓, 포대기)에 있을 때에 그 부모가 김영창씨와 혼인을 정하여 서로 내외 될 사람으로 인정하고 같이 자라났으니, 그 관계로 말하든지 그 정리로 말하든지 그 형식에 지나가지 못하는 혼례식 아니 지냈다고 어찌 부부의 의리가 없다 하리까. 그러나 중도에 영창씨의 종적을 알지 못하니 만일 열녀가 아니면 다른 곳으로 시집갔으련마는 그 의리를 지키고 결코 김영창씨를 저버리지 아니하여 천곤백난(千困百難, 온갖 고난)을 지내고 기어코 김영창씨를 다시 만나 오늘 예식을 거행하니 그 숙덕(淑德, 정숙하고 단아한 덕행)이 가히 열녀 되겠습니까 못되겠습니까? 여러분, 생각하여보시오. (내빈이 모두 박수한다.) 또, 신혼 예식 절차로 말씀하면 상고 시대에 나무 열매 먹고 풀로 옷 지어 입을 때에야 어찌 혼인이니 예식이니 하는 여부가 어디 있으리까. 생생지리(生生之理, 만물이 소생하는 이치)는 자연한 이치인 고로 금수와 같이 남녀가 난잡히 상교(相交)하매 저간에 무한한 경쟁이 있더니, 사람의 지혜가 조금 발달되어 비로소 검은 말가죽으로 폐백(幣帛)하고 일부일부(一夫一婦, 남편과 아내)가 작배(作配, 남녀가 서로 짝을 지음)함으로부터 차차 혼례라 하는 것이 발명되었는데, 그 예식은 고금이 다르고 나라마다 다를 뿐 아니라, 아까 말씀한 것과 같이 한 형식에 지나가지 못하는 것이올시다. 그러하니 그 형식에 지나지 못하는 예식의 절차는 아무쪼록 간단하고 편리한 것을 취하는 것이 좋지 아니하겠습니까. 그러한데 조선 풍속에는 혼인을 지내려면 그날 신랑은 호강하지마는 신부는 큰 고생 하는 날이올시다. 얼굴에는 회박을 씌어서 연지(臙脂, 전통 혼례에서 신부가 입술과 볼에 바르는 붉은색 화장품)곤지(신부가 이마 가운데 찍는 붉은 점)를 찍고, 눈은 왜밀로 철꺽 붙여 소경을 만들어 앉히고, 엉덩이가 저려도 종일 꼼짝 못하게 하니 혼인하는 날같이 좋은 날 그게 무슨 못 할 일이오니까. 여기 계신 여러 부인도 아마 그런 경우 한 번씩은 다 당해보셨겠습니다마는 그렇게 괴악한 습관이 어디 있습니까? 저 신부 좀 보시오. 좀 화려하며 좀 간편합니까? 이 중에 혹 '저것도 예식이라고 하나?' 하는 분도 계실 듯하지마는 그렇지 않습니다. 좋지 못한 구습을 먼저 개혁하는 사람이 없으면 어떠한 일이든지 도저히 개량하여볼 날이 없습니다. 오늘 지낸 예식이 가히 조선에 모범이 될 만하오니 여러분도 자녀 간 혼인을 지내시려거든 오늘 예식을 모방하십시오. 나는 정임의 외삼촌 숙모가 되는 사람이나 조금도 사정(私情) 둔 말씀이 아니오니 여러분은 깊이 헤아리시기를 바라오며, 변변치 못한 말씀을 오래 하오면 들으시기에 너무 지리하고 괴로우실 듯하와 고만두겠습니다."

연설을 마치매 남녀 간 손님이 모두 박수갈채하고 헤어져 가는데, 그날 밤 동방화촉(洞房華燭, 첫날밤에 신랑이 신부방에서 자는 의식)에 원앙금침(鴛鴦衾枕, 부부가 덮는 이불과 베개)을 정답게 펴놓으니 만실춘풍(滿室春風)에 화기가 융융(融融, 화평하다)하고 이 시종은 희색이 만면하여 사랑에서 친구와 술 먹으며 그 딸의 사실 일장을 이야기하더라.

상야공원에서 정임을 칼로 찌르던 강소년은 대구 부자의 아들인데, 열네 살에 그 부친이 죽으매 열다섯 살부터 외입에 반하여 경향(京鄕, 도시와 시골)으로 다니며 양첩도 장가들고 기생도 떼어 팔선녀(八仙女)를 꾸며서 여기저기 큰 집을 다 각각 배치하고 화려한 문방구나 잡화상을 벌이며, 각종의 음악기와 연극장을 설립하여놓고, 이 집 저 집 돌아다니며 무궁한 행락을 하다가 못하여 그것도 오히려 부족히 여기고, 주사청루(酒肆靑樓, 기생집)는 거르는 날이 없으며, 산사 강정(山寺江亭)에 아니 노는 곳이 없이 그 방탕함에 끝이 없으매, 저에 남은 십여 만 원 재산이 몇 해 아니 가서 다 없어지고 종조리(맨 나중) 판에는 토지 가옥까지 몰수되는 강제 집행을 당하니, 그 많던 계집들도 물 흐르고 구름 가듯 하나 둘씩 뿔뿔이 다 달아나고 제 몸 하나만 올연히 남았다. 대저 음탕 무도(淫蕩無道, 음란하여 도리에 벗어남)하던 놈이 이 지경이 되면 개과천선(改過遷善, 지난날의 잘못을 고쳐 착하게 됨)할 줄은 모르고 도적질할 생각이 생기는 것은 하등 인류의 자연한 이치라. 그 소년도 제 신세 결딴나고 제 집 망한 것은 조금도 후회 없고, 단지 흔히 쓰던 돈 못 쓰고 잘하던 외입 못 하는 것이 지극히 민망하여 곧 육촌의 전답 문권(田畓文券)을 위조하여 만 원에 팔아 가지고 또 한참 흥청거리다가, 그 일이 발각되어 육촌이 정장(呈狀, 소장을 관청에 냄)하였으므로 관가에서 잡으려고 하매 즉시 동경으로 달아나, 산본이라 하는 노파의 집에 주인을 잡고 있는데, 아무 소관사(所關事, 관계되는 일) 없이 오래 두류하는 것을 모두 이상히 여길 뿐 아니오, 경찰서 조사에 대답하기가 곤란하여 유학생인 체하고 어느 학교에 입학하였다. 조금만 생각 있는 놈 같으면 별 풍상(風霜, 세상 어려움과 고생) 다 겪고 내 재물 남의 재물 그만치 없앴으니 동경같이 좋은 곳에 와서 남의 경황을 구경하였으면 제 마음도 좀 회개할 듯하건마는, 개 꼬리를 땅에 삼 년 묻어 두어도 황모(黃毛, 족제비 꼬리털)가 되지 아니한다고, 학교에 입학은 하였으나 공부에는 정신없고 길원 같은 화류장(花柳場, 화류계)에나 종사하며 얼굴 반반한 여학생이나 쫓아다니는 터인데, 정임이 학교에 가는 길이 강소년 학교에 오는 길이라. 정임이는 몰랐으나 강소년은 정임이를 다니는 학교에 갈 적 만나고 올 적에 만나매 음흉한 욕심이 가슴에 탱중하여, 정임이 다니는 학교에까지 따라가 보기도 하고 정임이 있는 여관 앞까지 쫓아와 보기도 하였으나, 정임이가 대문 안으로 쑥 들어가기만 하면 한 겹 대문 안이 태평양을 격한 것같이 적막하고 다시 소식 없어 마음에 점점 감질(疳疾)만 나게 되매 항상,

'그 여학생을 어찌하면 한번 만나 볼꼬?'
하고 생각하더니 어떻게 알아보았던지 그 여학생이 조선 사람인 줄도 알고 이름이 이정임인 줄도 알았으나, 어떻게 놀려낼 수단이 없어 주인의 딸 산본영자를 시켜 여학생 일요강습회를 조직하고, 이정임을 유인하여 회장을 만들어놓고, 자기는 재무 촉탁이 되어 정임이와 관계나 가까이 되고 면분이나 두터워지거든 어떻게 꾀어볼까 한 일인데, 사맥(事脈, 일의 내력)은 여의히 되었으나 정임의 정숙한 태도에 압기(壓氣, 기세에 눌림)가 되어 말도 못 붙여보고 또 산본 노파를 소개하여 정당히 통혼도 하여보다가 그 역시 실패하매 이를 것 없이 분히 여기던 차에, 공교히 호젓한 불인지(不忍池) 가

에서 만나 달빛에 비치는 자색을 다시 보매 불같은 욕심이 바짝 나서 어찌 되었던지 한번 쏘아보리라 하다가 종내 그렇게 행패하고 그길로 도망하여 조선으로 나왔으나 죄진 일이 한두 가지 아니매 집으로는 가지 못하고 바로 서울 와서 변성명(變姓名, 성과 이름을 바꿈)하고 돌아다니더니, 하루는 북창동 네거리에서 동경 있을 때에 짝패가 되어 계집의 집에 같이 다니던 유학생 친구를 만나니, 그야말로 유유상종(類類相從, 같은 무리끼리 모임)이라고 그 친구도 역시 강소년과 한 바리(말과 소의 등에 실은 짐)에 실을 사람이라. 장비(張飛)는 만나면 싸움이라더니 이 두 사람이 서로 만나면 아무것도 할 일 없고, 요리가 아니면 계집의 집으로 가는 일밖에 없는 터이라. 이때에 또 만나서,

"이애, 오래간만에 만났으니 술이나 한 잔씩 먹자."

"무슨 맛에 술만 먹는단 말이냐. 술을 먹으려거든 은군자(隱君子, 몰래 몸 파는 여자) 집으로 가자."

하며 두서너 마디 수작이 되더니 으늑하고 조용한 곳으로 찾아가노라 가는 것이 잣골 이 시종 집 옆에 있는 '진주집'이라 하는 밀매음녀 집에 가서 술을 먹는데, 그 친구는 동경서 '불행위행'이란 신문 잡보도 보고 경찰서에서 유학생 조사하는 통에 강소년이 그런 짓 하고 도망한 줄 알고 조선을 나왔으나, 강소년을 만나매 남의 단처(短處, 부족하거나 모자

람)를 아는 체할 필요가 없어 그 일 아는 사색(기색)도 아니하고 계집을 데리고 술 먹으며 정답고 재미있게 밤이 깊도록 노는 터이더니, 원래 탕자 잡류의 경박한 행동은 정다운 친구 술 먹으러 가재 놓고도 수틀리면 때리고 욕하기는 항용 하는 일이라. 두 사람이 술에 잔뜩 취하여 횡설수설 주정을 하던 끝에 주인 계집 까닭으로 시비가 되어 옥신각신 다투다가, 술상도 치고 세간도 부수더니, 점점 쇠어 큰 싸움이 되며 뺨도 때리고 옷도 찢으며 일장풍파(一場風波)가 일어나서 내가 옳으니 네가 옳으니, 재판을 가자 호소(呼訴, 억울한 사정을 하소연함)를 가자 하며 멱살을 서로 잡고 이 시종 집 대문 앞에서 싸우는 소리가,

 (친구) "이놈, 네가 명색이 무엇이냐? 네까짓 놈이 뉘 앞에서 요따위 버르장이를 하여! 네가 요놈, 동경서 여학생 이정임이를 죽이고 도망해 나온 강가 놈이지. 너 같은 놈은 내가 경무청에 고발만 하면 네 죄는 경하여야 종신 징역이다. 요놈, 죽일 놈 같으니!"
하며 닭 싸우듯 하는 소리가 벽력같이 이 시종 집 사랑에까지 들리더라. 이때는 곧 정임이 신혼식 지내던 날 저녁이라. 이 시종이 사랑에서 친구와 술 먹으며 정임이 이야기를 하는데, 상야공원에서 강소년이 행패하던 말을 막 하는 판에 모든 사람이 매우 통분히 여기는 때에 별안간 문밖에서 왁자하

는 소리가 나는지라. 여러 사람이 모두 귀를 기울이고 듣더니, 그 좌석에 북부 경찰서 총순(總巡, 경무청 판임관) 다니는 사람이 앉았다가 그 싸움 소리를 듣고 즉시 쫓아나가 그 소년을 잡으니 갈데없는 강소년이라. 온 집안이 들썩들썩하며,

"아이그, 고놈 용하게도 잡혔다."

"고놈 상판대기가 어떻게 생겼나 좀 구경하자."

"요놈이 살인 미수범이니까 몇 해 징역이나 될꼬?"

하며 어른 아이가 모두 재미있어하다가 그 소년은 곧 북부 경찰서로 잡아가니 온 집 안이 고요하고 종려나무 그림자 밑에 학의 잠이 깊었는데, 정임이 신방에서 낭랑옥어(朗朗玉語, 소리가 맑고 또랑또랑하다)가 재미있게 나더라.

조선 습관으로 말하면 혼인 갓 한 신랑 신부는 서로 말도 잘 아니 하고 마주 앉지도 못하여 가장 스스러운 체하는 법이오, 더구나 신부는 혼인한 지 삼 일만 되면 부엌에 내려가 밥이나 짓고 반찬이나 만들기를 시작하여 바깥은 구경도 못하는 터이라 내외가 한가지 출입하는 일이 어디 있으리오마는, 영창이 내외는 혼인 지내던 제삼 일에 만주 봉천(奉天, 지금의 중국 선양)으로 신혼여행(新婚旅行)을 떠난다. 내외가 나란히 서서 정답게 이야기하며 정거장으로 나가는 모양이, 영창이는 후록코우트에 고모(高帽, 예복을 입을 때 쓰는

높은 모자)를 쓰고, 한 손으로 정임이 분홍 양복 땅에 끌리는 치맛자락을 치켜들었으며, 정임이는 옥색 우산을 어깨 위에 높이 들어 영창이와 반씩 얼러 받았는데, 그 요조(窈窕, 얌전하고 정숙함)한 태도는 가을 물결 맑은 호수에 원앙이 쌍으로 나는 것도 같으며, 아침볕 성긴 울에 조안화(朝顔花, 나팔꽃)가 일시에 웃는 듯도 하더라.

신혼여행은 서양 풍속에 새로 혼인한 신랑 신부가 서로 심지(心志)도 훑어보고 학식도 시험하며 처음으로 정분도 들이고자 하여 외국이나 혹 명승지로 여행하는 것인데, 만일 서로 지기(志氣)가 상합치 못하면 그길에 이혼도 하는 일이 있지마는, 영창이 내외야 무슨 심지를 더 훑어보고 어떤 정분을 또 들이며 어찌 이혼 여부가 있으리오마는, 유람도 할 겸 운동도 할 겸 서양 풍속을 모방하여 떠나는 여행이라 남대문 정거장에서 의주 북행 차 타고 가며 곳곳을 구경하는데, 개성에 내려 황량한 만월대(滿月臺)와 처창한 선죽교(善竹橋, 개성에 있는 다리))의 고려 고적을 구경하고, 평양 가서 연광정(練光亭, 평양에 있는 정자)에 오르니, 그 한유(閑裕)한 안계(眼界)는 대동강 비단 같은 물결에 백구(白鷗, 갈매기)는 쌍으로 날고 한가한 돛대는 멀리 돌아가는 경개(景槪)가 가히 시인소객(詩人騷客)이 술 한잔 먹을 만한 곳이라. 행장에 포도주를 내어 서로 권하며 전일 평양감사 시대에 백성의 피 빨아가지고 이곳에서 기생 데리고 풍류하며 극호강들 하던 것을 탄식하다가, 곧 부벽루, 모란봉, 영명사(금수산에 있는 절), 기린굴 등을 낱낱이 구경하고, 그길로 안주 백상루, 용천 청유당 다 지나서 의주(義州) 통군정(統軍亭, 압록강 변에 있는 정자)에 올라 난간에 의지하여 압록강상의 풍범사도(風帆沙島, 돛단배와 모래섬)와 연운죽주(煙雲竹柱, 구름과 대나무 기둥)를 바라보더니 영창이 얼굴에 초창한 빛을 띠고 손을 들어 사장(沙場)을 가리키며,

(영창) "저곳이 내가 스미트 박사 만났던 곳이오. 저곳을 다시 보니 감구지회(感舊之懷, 지난 일을 떠올리며 느끼는 회포)를 이기지 못하겠소. 이 완악(頑惡, 고집스럽고 사나움)한 목숨은 살아 이곳에 다시 왔으나, 우리 부모는 저 강물에 장사 지내고 다시 뵈옵지 못하겠으니 천추(千秋)에 잊지 못할 한을 향하여 호소할 데가 없소그려."

하고 바람을 임하여 한숨을 길게 쉬며 흐르는 눈물을 금치 못하니, 정임이도 그 말을 듣고 그 모양 보매 자연 비감한 생각이 나서 역시 눈물을 씻으며,

(정임) "그 감창(感愴)한 말씀이야 어찌 다 하오리까! 오늘날 부모가 살아 계시면 우리를 오죽 귀애하시겠소. 그 부모가 우리를 그렇게 귀히 길러 재미를 못 보시고 중도에 불행히 돌아가셨으니, 지하에 가서 차마 눈을 감지 못하실 터이

오. 우리도 그 부모를 봉양코자 하나 어찌할 수가 없으니 그야말로 자욕효이친부재(子欲孝而親不在, 자식이 효도를 하려해도 부모가 안 계신다)요그려. 그러나 과도히 슬퍼 마시고 아무쪼록 귀중한 몸을 보전하시오."

이렇게 서로 탄식도 하며 위로도 하다가, 즉시 압록강을 건너 구련성(九連城, 만주 압록강 가에 있는 성)을 구경하고 계관역에 내려 멀리 계관산과 송수산을 지점하며,

(영창) "이곳은 일로 전역(日露戰役, 러·일 전쟁) 당시에 일본군이 대승리하던 곳이오그려. 내가 이곳을 지나가 본 지 몇 해가 못 되는데 벌써 황량한 고(古) 전장(戰場)이 되었네."

(정임) "아……, 가련도 하지. 저 청산에 헤어진 용맹한 장사와 충성된 병사의 백골은 모두 도장 속 젊은 부녀의 꿈속 사람들이겠소그려."

(영창) "응, 그렇지마는 동양 행복의 기초는 이곳 승첩(勝捷, 승전)에 완전히 굳고 저렇게 철도를 부설하며 시가를 개척하여 점점 번화지가 되어가니 이는 우리 황색 인종도 차차 진흥되는 조짐이지요."

이렇게 수작하며 가을빛을 따라 늦은 경을 사랑하며 천천히 행보하여 언덕도 넘고 다리도 건너며 단풍 가지를 꺾어 모자에 꽂기도 하고, 잔잔한 청계수를 움켜 손도 씻더니 어언간에 저문 해는 서산을 넘고 저녁연기는 먼 수풀에 얽혔

는지라,

　(영창) "해가 저물었으니 고만 정거장 근처로 돌아갑시다. 오늘 밤은 이곳에서 자고 내일 일찍이 떠나가며 구경하지."

　(정임) "내일은 어디 어디 구경할까요? 요양 백탑(僚陽白塔, 요동에 있는 불탑)과 화표주(華表柱, 무덤 양쪽에 세우는 한 쌍의 돌기둥)는 어디쯤 있으며, 여기서 심양(瀋陽) 봉천부(奉天府)는 몇 리나 남았소? 아마 봉황성(鳳凰城, 만주의 지명)은 가깝지? 그러나 계문연수가 구경할 만하다는데 그 구경도 할 겸 이 길에 북경까지 갈까?"

하며 막 돌아서서 정거장을 향하고 오는데, 한편 산모퉁이에서 난데없는 청인(淸人) 한 떼가 혹 말도 타고, 혹 노새도 타고 우 달려들며 두말없이 영창이를 잔뜩 결박하여 나무 수풀에 제쳐 매어놓고 일변 수대(手帒, 전대)도 빼앗고, 시계도 떼고, 안경도 벗겨 모두 주섬주섬하여 가지고, 정임이를 번쩍 들어 말게 치켜 앉혀놓고 꼼짝도 못하게 층층 동여매더니 채찍을 쳐서 급히 몰아가는지라. 정임이는 여러 번 놀라본 터에 또 꿈결같이 이 변을 당하매 가슴이 덜컥 내려앉고 간이 콩잎만 해지며 자기 잡혀가는 것은 고사하고 그 남편이 어찌 된지 몰라 눈이 캄캄하고 정신이 아득아득하여 그 마음을 지향할 수 없으나 그 형세가 불가항적(不可抗敵)이라 속절없이 잡혀가는데, 어디로 가는지 한없이 가다가 한 곳에 다다라 궁궐같이 큰 집 속으로 들어가더니, 정임이를 대청에 올려 앉히고 그 여러 놈이 좌우로 늘어서서 똥 본 오리처럼 무엇이라고 지껄이매 그 상좌에 기골이 장대하고 용모가 준수한 청인이 흰 수염을 쓰다듬고 앉아서 기쁜 빛이 얼굴에 가득하여 빙글빙글 웃으며 정임을 향하고 무슨 말을 묻는 것 같으나, 정임이는 말도 알아듣지 못할 뿐더러, 그때는 놀란 마음 무서운 생각 다 없어지고 단지 악만 바짝 나는 판이라.

(정임) "나 도무지 개 같은 오랑캐 소리 몰라."

하고 쇠 끊는 소리를 지르니, 그 청인의 옆에 앉았던 한 노인이 반가운 안색으로,

(노인) "여보, 그대가 조선 사람이오그려. 조선말 소리를 들으니 반갑기는 하구먼……, 응……. 집이 어디인데 어찌 되어 저 지경을 당하였단 말이오?"

하는 말이 조선말을 듣고 대단히 반갑게 여기는 모양이니, 정임이도 역시 위험한 경우를 당한 중에 본국 사람을 만나니 마음에 적이 위로되어,

(정임) "집은 서울인데 만주로 구경 왔다가 불의에 이 변을 만났습니다."

하고 대답하며 그 노인을 자세히 보니, 의복은 청인의 복색을 입었으되 그 얼굴이든지 목소리가 일호도 틀리지 않고 흡사한 자기 시아버지 김 승지 같으나 김 승지는 태평양으로 떠

나갔는지 인도양으로 떠나갔는지 모르는 터에 이곳에 있을 리는 만무한데, 암만 다시 보아도 정녕한 김 승지요, 어려서 볼 때와 조금 다른 것은 살쩍이 허옇게 세었을 뿐이라. 심히 의아한 중에 약은 생각이 나서 내가 저 노인의 거동을 좀 보고 만일 우리 시아버니는 아닐지라도 보기에 그 노인이 아마 주인과 정다운 듯하니 이 곤란한 중에 언턱꺼리(억지로 떼를 쓸 만한 근거나 핑계)나 좀 하여 보리라 하고 혼잣말로,

(정임) "아이그, 세상에 같은 얼굴도 있지! 그 노인이 영락 없이 우리 시아버님 같애."

하며 별안간 좍좍 우니, 그 노인이 정임이 우는 것을 한참 바라보고 무슨 생각을 하다가,

(노인) "여보, 그게 웬말이오? 내가 누구와 같단 말이오? 그대는 누구의 따님이 되며, 그대의 시아버님은 누구신지요?"

(정임) "나는 이 시종 ○○의 딸이오, 우리 시아버님은 김 승지 ○○신데, 시아버님께서 십여 년 전에 초산 군수로 참혹히 돌아가신 후에 다시 뵙지 못하더니, 지금 노인의 용모를 뵈오니 이렇게 죽을 경우를 당한 중에도 감창한 생각이 나서 그리합니다."

그 노인이 그 말 듣더니 깜짝 놀라며,

(노인) "응, 그리야. 그러면 네가 정임이지?"

하고 묻는데 정임이가 그 말 들으니 죽은 줄 알던 시아버지

를 의외에 찾았는지라. 반가운 마음에 정신이 번쩍 나서,

(정임) "이게 웬일이오니까! 신명(神明)이 도와 아버님을 뜻밖에 만나 뵈오니 이제는 죽어도 한이 없겠습니다."

하고 일어나 절하며 생각하니, 그제야 정작 설움이 나서 느껴가며 우는데 김 승지는 눈물을 흘리며,

(김 승지) "네가 이게 웬일이냐! 이게 웬일이냐! 네가 이곳을 오다니? 그러나 영창이 소식을 너는 알겠구나. 대관절 영창이가 초산 봉변할 때에 죽지나 아니하였더냐?"

(정임) "장황한 말씀은 미처 할 수 없삽고 영창이도 이 길에 같이 오다가 이 변을 당하여 그곳에 결박하여놓은 것을 보고 잡혀 왔는데, 그간 어찌 되었는지 궁금하기 이를 길 없습니다."

김 승지가 그 말 듣더니 벌떡 일어나서 안을 향하고,

(김 승지) "마누라, 마누라! 정임이가 왔소그려. 영창이도 같이 오다가 중로에서 봉변을 했다는걸."

하는 말에 김 승지 부인이 신을 거꾸로 끌고 허둥지둥 나오며,

(부인) "그게 웬 말이오? 그게 웬 말이오, 정임이가 오다니! 영창이는 어떻게 되었어?"

하고 달려들어 정임이 손목을 잡고 뼈가 녹는 듯이 울며 목멘 소리가 잘 알아들을 수도 없는 말로,

(부인) "너는 어찌된 일로 이곳에 왔으며, 영창이는 어디쯤서 욕을 본단 말이냐?"

하고 느끼며 묻는 모양은 누가 보든지 눈물 아니 날 사람 없겠더라.

그 상좌에 앉았던 청인은 정임의 화용월태(花容月態, 아름다운 여인의 얼굴과 맵시)를 보고 기쁜 마음을 이기지 못하는 모양이더니, 김 승지 내외가 서로 붙들고 울매 그 거동이 보기에 이상하고 궁금하던지 김 승지를 청하여 무슨 말을 묻는데, 김 승지는 그 말대답은 아니 하고 정임이를 불러 하는 말이,

(김 승지) "저 주공(主公, 주인을 높여 부르는 말)에게 인사하여라. 내가 저 주공의 구원으로 살아나서 저간에 은혜를 많이 받은 터이다."

하며 인사를 시키는지라, 정임이는 일어나서 머리를 굽혀 인사하고, 김 승지는 그제야 말대답을 하더니 그 대답이 그치매 청인은 무릎을 치며 정임을 향하여 무슨 말을 하는데 그 통변(通辯)은 김 승지가 한다.

(청인) "당신이 저 김공의 며느님이 되신다지요? 나는 왕자인(王自仁)이라 하는 사람인데, 당신의 시아버님과는 형제같이 지내는 터이오. 그러나 아마 대단히 놀랐지요? 아무 염려 말고 부디 안심하시오. 잠시 놀란 것이야 어떠하리까? 오

래 그리던 부모를 만나 뵈니 좀 다행한 일이 되었소?"

(정임) "각하께오서 돌아가실 부모를 구호하시와 그처럼 친절히 지내신다 하오니 각하의 은혜는 실로 백골난망(白骨難忘, 죽어서 백골이 되어도 잊을 수 없다는 뜻)이오며 이 사람은 부모를 오래 그릴 뿐 아니라 부모가 각하의 덕택으로 생존해 계신 줄은 모르고 망극한 마음을 죽어 잊지 못하겠삽더니, 오늘 의외에 만나 뵈오매 이제는 아무 한이 없사오니 어찌 잠깐 놀란 것을 교계(較計, 서로 견주어 살펴봄)하오리까?"

정임이는 그 왕씨를 대하여 백배사례(百拜謝禮)하는데 왕씨는 일변 정임이 잡아 오던 도당을 불러 그때 정형을 자세히 조사하더니 곧 영창이를 급히 데려오라 하는지라. 그때 정임이 마음에는,

'우리 내외가 두수 없이 죽는 판에 천우신조(天佑神助, 하늘과 신의 도움)하여 부모를 만나고 화색(禍色, 재앙의 징조)을 모면하니 이같이 신기할 데는 없으나 영창이는 그간 오죽 애를 쓰리!'

하는 생각이 나서,

'잠시라도 마음을 놓게 하리라.'

하고 명함 한 장을 내어 김 승지를 주며,

(정임) "아버님, 영창이를 데리러 여러 사람이 몰려가면 필경 또 놀랄 듯하오니 이 명함을 보내는 것이 어떠합니까?"

김 승지가 그 말 들으매 그럴듯하여 왕씨와 의논하고 곧 그 명함을 주어 보내고, 정임이는 자기 내외의 소경사를 대강 이야기하니, 김 승지 내외는 눈물 씻기를 마지아니하고, 왕씨도 역시 무한히 칭탄하더라.

영창이는 삽시간에 혹화(酷禍, 매우 심한 재화)를 당하여 정임이를 잃고 나무에 동여맨 채로 꼼짝 못하고 앉았으매 이산에서는 여우도 울고 저 산에서는 올빼미도 울며 번쩍번쩍하는 인광(燐光, 도깨비불)은 여기서도 일어나고 저기서도 일어나서, 남한산성 줄불 놓듯 발뿌리로 식식 지나가니 평시 같으면 무서운 생각도 있으련마는 그것 저것 조금도 두렵지 않고, 단지 바작바작 타는 속이 차라리 죽느니만 같지 못하게 그 밤을 지내더니, 하룻밤이 삼추(三秋, 긴 세월)같이 지나가고 동방에 새벽빛이 나며 먼 수풀에 새소리가 지껄이는데, 언덕 밑으로 어떤 청인 농부 한 사람이 지나가다가 그 광경을 보고 웅얼웅얼 탄식하며 동여맨 것을 끌러주고 가는지라, 그 농부를 향하여 무수히 사례하고 다시 앉아 생각하니, 정임이는 결코 욕보고 살지 아니할 터이오, 두말없이 죽을 사람이라. 그 연유를 관원에게 호소하자 하니, 그 호소가 대단히 묽은 호소가 될 터이오, 그대로 돌아가자 하니 정임이는 죽었는데 나는 살아가는 것이 사람의 의리가 아닐 뿐 아니오, 설령 혼자 돌아간다 한들 정임이 부모 볼 낯도 없고 장래

신세도 다시 희망할 바가 없는지라 혼잣말로,

"허……, 저간에 우리 두 사람이 그러한 천신만고를 지내고 간신히 다시 만난 것이 모두 허사가 되었구나!"

하고 목을 매어 죽으려고 양복 질빵을 끌러 막 나뭇가지 가에 치켜 거는 판에 별안간 어떤 청인 십여 명이 어젯밤 모양으로 또 달려들어 죽 둘러서는지라. 속마음으로,

'저놈들이 또 왔구나. 오냐, 암만 또 와도 이제는 기탄(忌憚, 어렵게 여겨 꺼림)없다. 어젯밤에 재물 빼앗기고 계집까지 잃었으니, 지금에는 죽이기밖에 더 하겠느냐. 이왕 죽을 사람이니 죽인대도 두려울 것은 없다마는 너의 손에 우리 내외가 죽는 것이 지극히 통한하다.'

하고 생각할 즈음에, 그중 한 사람이 고두(叩頭, 머리를 땅에 조아림) 경례하고 명함 한 장을 내어주며 금안 준마(金鞍駿馬, 금장식의 좋은 말)를 앞에 세우고 말에 오르기를 재촉하는데, 그 명함은 정임이 명함이요, 명함 뒤에 연필로 두어 자 기록한 말은

"천만의외(千萬意外, 뜻밖에)에 부모가 이곳에 계시니 기쁜 마음은 꿈인지 생시인지 깨닫지 못하겠사오며, 나도 역시 무사하오니 아무 염려 말고 급히 오시오."

하였는지라. 그 명함을 받아 보매 반가운 마음에 기가 막혀서,

"응…… 부모가 계셔?"

하는 소리가 하는 줄 모르게 절로 나가나 마음을 진정하여 그 사리를 다시 생각하니 한편으로 의심이 나서,

'그러할 이치가 만무한 일인데 이게 웬 말인고? 만일 이 말이 사실 같으면 희한한 별일이다'

하고 이리저리 연구하여보니 다른 염려는 별로 없고, 그 글씨가 정임이 필적이라. 반가운 마음이 다시 나서 곧 그 말 타고 귀에 바람이 나도록 달려가더라.

김 승지 내외와 정임이는 영창이를 데리러 보내고 오기를 고대하더니 문밖에서 말굽 소리가 나고 영창이가 지도자를 따라 들어오는지라. 김 승지 내외는 정신없이 내려가서 영창이 목을 안고 얼굴을 한데 대며,

"네가 영창이로구나!"

하고 대성통곡(大聲痛哭)하는데, 영창이는 명함을 보고 오면서도 반신반의(半信半疑, 얼마쯤 믿으면서도 한편으로는 의심함)하다가 참 부모가 그곳에 있는지라, 평생에 철천지원(徹天之冤, 하늘에 사무치는 원한)이 되던 부모를 만나니 비감한 마음이 자연 나서 역시 부모를 붙들고 우니, 정임이도 따라 울어 울음 한판이 또 벌어졌더라.

이때 주인 왕씨는 즉시 크게 연회를 배설하고 김 승지의 가족 일동을 위로하는데, 왕씨가 영창이 손을 잡고 술을 들어

김 승지에게 권하며,

　(왕자인) "김공은 이러한 아들과 저러한 며느리를 두었으니 장래에 무궁한 청복(淸福)을 받으시겠소."

하는지라 김 승지는 그 말 교대에 대답하는 말이,

　(김 승지) "여년(餘年, 여생)이 몇 해 아니 남은 터에 복을 받으면 얼마나 받겠습니까마는, 내가 주공의 덕택으로 살아나서 천행(天幸)으로 저것들을 다시 보니 그것이 신기한 일이지요. 그러나 주공께 잠깐 여쭐 말씀은 내가 주공을 모시고 있은 지 십 년에 이 은혜는 태산이 오히려 가벼우니 능히 갚을 길이 없사오며, 그간 깊이 든 정분(精分)은 차마 주공을 이별할 수 없습니다마는, 서로 죽은 줄 알았던 저것들을 만나니 다시 헤어질 마음이 없을 뿐 아니라, 내가 늙어 죽을 날을 알지 못하는 터이오니 이번에 저것들과 한가지로 돌아가서 몇 날이 되든지 부자가 서로 의지하고 살다가 백골을 고국 청산에 묻히고자 하오니, 존의(尊意)에 어떠하시오니까?"

하며 눈물을 흘리매 왕씨가 그 말을 듣고 한참 침음(沈吟, 속으로 깊이 생각함)하더니,

　(왕자인) "사정이 그러하시겠소."

하고 곧 행장을 차려 김 승지와 그 가족을 전송하는데, 친히 십 리 장정(十里長程)에 나와 김 승지 손을 잡고,

　(왕자인) "김 공은 다행히 자제를 만나서 오래간만에 고국

을 돌아가시니 실로 감축할 일이올시다마는, 나는 십 년 친구를 일조(一朝)에 이별하니 이같이 감창한 일은 다시 없소그려."

하며 수대를 열고 금화 일만 원을 내어주며,

　(왕자인) "이것이 비록 약소하나 내가 정의를 표하고자 하여 드리는 것이올시다. '행자는 필유신(行者必有贐, 길 떠나는 사람에게 반드시 노자를 보태 줌)'이라하니 가지고 가다가 노자나 하시오."

　(김 승지) "공은 정의로 주신다니 나도 정의로 받아 가지고 가서 노래(老來, 늘그막)에 쇠한 몸을 잘 자양(滋養)하겠습니다마는, 우리가 모두 늙은 터에 한번 이별하면 다시 만나기를 기약할 수 없으니 그것이 지극히 비창한 일이올시다그려."

하며 서로 붙들고 울어 차마 놓지 못하다가 김 승지 가족 일동은 모두 왕씨를 향하여 백배사례하고 떠나니, 왕씨는 섭섭한 마음을 이기지 못하며 보호자를 보내 정거장까지 호송하더라.

　영창이 내외는 천만의외에 그 부모를 찾으매 구경도 더 할생각 없고 여행도 다시 할 필요가 없어, 즉시 부모 모시고 만주 남행차 타고 서울로 돌아오며, 차 속에서 영창이는 영창이 소경력을 이야기하고, 정임이는 정임이 지내던 일을 자세히 말하니 김 승지는 자기 역사를 이야기한다.

(김 승지) "내가 초산서 그 봉변을 당하고 뒤주 속에 들어 앉았으니, 늙은이들이 그 지경을 당하여 무슨 정신이 있었겠느냐? 그놈들이 떠메고 나가는지 강물로 떠내려가는지 누가 건져 가는지 도무지 몰랐더니, 아마 그 뒤주가 강물로 떠내려가는데, 그때 마침 상마적이 물 건너와서 노략질해 가지고 가다가 그 뒤주를 만나매 그 사람들 눈에는 무엇이든지 모두 재물로 보이는 터이라 뒤주 속에 무슨 큰 재물이 있는 줄 알았던지 죽을힘을 써서 건져 메고 갔나 보더라. 어느 때나 되었는지 간신히 정신을 차려 보니 평생에 보지 못하던 큰 집 대청에 우리 내외가 같이 누웠고 낯모르는 청인들이 좍 둘러섰는데 어리어리하는 생각에 '우리가 죽어서 벌써 염라부(閻羅府, 염라대왕이 지배하는 세상)에 들어왔나 보다.' 하였더니, 그중 어떤 사람이 지필(紙筆)을 가지고 와서 필담을 하자고 하니, 눈은 침침하여 잘 보이지는 아니하고 손은 떨려 글씨도 쓸 수 없으나, 간신히 정신을 수습(收拾)하여 통정을 하는데, 그 사람이 주인 왕씨더라. 그 왕씨는 상마적 괴수(魁首, 우두머리)인데 도적질은 하나 사람인즉 글이 문장이요, 뜻이 호화하여 훌륭한 풍류남자요, 또 천성이 지극히 인자한 사람이더라. 그런데 그 사람이 나를 어떻게 보았던지 그때로부터 극진히 보호하여 의복 음식과 거처 범백(凡百, 여러 사물)을 모두 자기와 호리(毫釐, 적은 분량)가 틀리지 아니하게

대접하며 글도 같이 짓고 술도 같이 먹고 바둑도 같이 두고 어디를 가도 같이 가니, 자연 지기가 상합하여 하루 이틀 지내는데, 너희들이 어찌 되었는지 몰라 애가 타서 한시를 견딜 수 없으나 통신은 자유로 못 하게 하는 고로 이 시종에게 편지도 한번 못 하고 있다가 어느 때인지 기회를 얻어 우체로 편지를 한번 부쳤더니, 다시는 소식이 없기에 너희들이 모두 죽은 줄 알고 그 후로는 주인도 놓지 않지마는, 나도 돌아갈 생각이 적어 그럭저럭 지내니 그 상하는 마음이야 어떠하겠느냐! 그러나 모진 목숨이 억지로 죽지 못하고 두 늙은이가 항상 울고 오늘날까지 부지(扶支, 어렵게 버팀)하더니, 천만 몽매(夢寐, 꿈에도) 밖에 정임이가 그곳을 왔더구나. 정임이 그곳에 온 것이 실로 다행하게 된 일이나 정임이가 그곳에 잡혀 오다니 말이 되는 말이냐!"

이렇게 이야기할 사이에 탄환같이 빠른 차가 어느 겨를에 벌써 압록강을 건너니 총울(蔥鬱, 우거지다)한 강산이 모두 보이는 대로 새롭더라.

이 시종 내외는 정임이 부부 신혼여행을 보내매 그 길이 아무 염려는 없는 길이지마는 두 사람은 천연적 풍파를 많이 만나는 사람들이라. 하도 여러 번 위험한 경우를 지내본 터인고로 어린아이를 물가에 보낸 것같이 근심하다가 회정(回程)해 온다는 날이 되어 잠시가 궁금하여 평양까지 내려가서 기다리더니, 그때 정임이 내외가 화기가 만면하여 오다가 이 시종 내외를 보고 차에 내려 인사하는지라. 이 시종은 그 두 사람이 잘 다녀오는 것을 기뻐할 때에 옆에 서 있던 사람이 별안간 손목을 잡으며,

"허……, 자네 오래간만에 만나겠네그려."

하는데 돌아다보니 생각도 아니 하였던 김 승지가 왔는지라. 마음에 깜짝 놀라서,

(이 시종) "아! 자네, 이게 웬일인가. 응……? 대관절 어찌 된 일인가!"

(김 승지) "우리가 다시 못 만날 줄 알았더니 서로 죽지 않고 오늘 만난 것이 다행한 일이오. 이 못생긴 목숨이 살아 돌아오는 것이 이게 내 복이 아니라 우리 며느리 덕일세."

하며 반가운 이야기를 하고, 한편에는 이 시종 부인과 김 승지 부인이 서로 붙들고 울더니, 이 시종과 김 승지는 가족들 데리고 그길로 곧 부벽루(扶壁樓)에 올라가서 그사이 지내던 역사와 서로 생각하던 정회를 말하며 술잔을 들고 토진간담(吐盡肝膽, 숨김없이 다 털어놓고 말함)하는데, 이때에 아아(峨峨, 우뚝 솟아 있는 모양)한 청산과 양양(洋洋, 장래가 희망차다)한 유수가 모두 그 술잔 가운데 비치었더라.

슬프다! 여러 짐승의 연설을 듣고
가만히 생각하여 보니
세상에 불쌍한 것이 사람이로다.
내가 어찌하여 사람으로 태어나서 이런 욕을 보는고!
사람은 만물 중에 귀하기로 제일이요,
신령하기도 제일이요, 재주도 제일이요,
지혜도 제일이라 하여 동물 중에 제일 좋다 하더니
오늘날로 보면 제일로 악하고, 제일 흉괴하고, 제일 음란하고,
제일 간사하고, 제일 더럽고, 제일 어리석은 것은 사람이로다.

— 『금수회의록』 중에서 —

금수회의록 禽獸會議錄

안국선 (安國善 1878~1926)

안국선의 호는 천강이며, 1878년 경기도 안성에서 태어났다. 1895년 관비유학생으로 일본에 건너가 게이오대학을 거쳐 도쿄전문학교(東京專門學校)에서 정치학을 공부하고 1899년에 귀국했다. 귀국 후 역모 사건에 연루되어 진도로 유배되었다. 그는 1907년 3월 유배에서 풀려난 뒤 돈명의숙(敦明義塾) 등에서 학생들을 가르쳤으며, 대한협회 등 사회단체의 일원으로서 애국 계몽운동에 적극 참여하였다.

그의 문필 활동은 주로 1907년에서 1908년 사이에 이루어진다. 그는 교단에서 정치·경제를 가르치면서 교재로 사용하기 위해 《외교통의》, 《정치원론》, 《연설방법》을 썼다. 또 〈야뢰〉, 대한협회보, 기호흥학회월보 등에 시사적인 논설을 발표하기도 하였다. 이 시기에 발표한 신소설이 바로 《금수회의록》이다. 《금수회의록》은 동물을 내세워 당시 현실을 비판하고 국권 수호와 자주의식을 고취함으로써 치안이 방해된다는 이유로 우리나라 최초의 판매 금지 소설이 되었다. 안국선은 1911년 경상북도 청도 군수로 임명되어 1913년까지 재직하고, 서울로 올라와 대동전문학교에서 강의했으며, 1915년 단편 소설집 《공진회》를 펴낸다. 이 소설집에는 〈기생〉, 〈인력거꾼〉, 〈시골 노인 이야기〉와 같은 세 편의 단편 소설이 실려 있다. 안국선은 《공진회》를 펴내고 낙향 후에 금광과 미두 사업에 실패하고 1926년 지병으로 죽는다.

1908년에 발표한 안국선의(安國善)의 신소설 《금수회의록》은 1909년 언론출판규제법에 의하여 금서 조치를 당한 작품 중 하나로 까마귀, 여우, 개구리, 벌, 게, 파리, 호랑이, 원앙 등 각종 동물들을 통하여 인간사회의 모순과 비리를 풍자한 우화소설(寓話小說)이다.

서언(序言)에서 '나'는 금수의 세상만도 못한 인간세상을 한탄한 뒤, 꿈속에 금수 회의소에 들어가 그들의 회의를 목격한다.

이 작품은 짐승과 곤충들이 개화기 당시의 인간사회를 비판하고 인간의 행위에 신랄한 규탄을 가하는 내용으로 불효, 부정부패, 탐관오리, 풍속문란 등 사회나 가정의 타락에 대한 비판과 남의 나라를 위협하여 빼앗는 당시 일본 침략에 대한 저항인식을 강하게 표출하고 개화기에 가장 시급한 문제인 정치적 자립과 도덕적 정신의 개조를 주창한다.

작품 줄거리

'나'는 꿈속에서 우연히 금수 회의를 방청하게 된다. 제1석 까마귀가 인간의 불효를 말하고, 제2석 여우가 외국 세력을 빌려 제 동포를 압박하고 남의 나라를 무력으로 빼앗는 것을 말하고, 제3석 개구리가 분수를 알지 못하는 사람들을 비판하고, 제4석 벌은 사람의 말과 마음이 다른 표리부동을 지적하고, 제5석 게가 사람들의 썩은 창자와 부도덕을 풍자하고, 제6석 파리가 인간은 골육상쟁을 일삼는 소인들이라고 매도하며, 제7석 호랑이는 탐관오리나 흉포한 인간들을 비난하고, 제8석 원앙은 문란해진 부부의 윤리를 규탄한다. 끝으로 사회자는 인간이야 말로 가장 어리석고 더러운 존재라고 결론을 내리면서 금수 회의를 폐회한다.

금수회의록(禽獸會議錄)

서언(序言)

　머리를 들어 하늘을 우러러보니 일월과 성신이 천추의 빛을 잃지 아니하고, 눈을 떠서 땅을 굽어보니 강해와 산악이 만고의 형상을 변치 아니하도다. 어느 봄에 꽃이 피지 아니하며, 어느 가을에 잎이 떨어지지 아니하리요.

　우주는 의연히 백대(百代)에 한결같거늘, 사람의 일은 어찌하여 고금이 다르뇨? 지금 세상 사람을 살펴보니 애달프고, 불쌍하고, 탄식하고, 통곡할 만하도다.

　전인의 말씀을 듣든지 역사를 보든지 옛적 사람은 양심이 있어 천리(天理)를 순종하여 하느님께 가까웠거늘, 지금 세상은 인문이 결딴나서 도덕도 없어지고, 의리도 없어지고, 염치도 없어지고, 절개도 없어져서, 사람마다 더럽고 흐린 풍랑에 빠지고 헤어 나올 줄 몰라서 온 세상이 다 악한 고로,

그름·옳음을 분별치 못하여 악독하기로 유명한 도척(盜瓶, 중국 춘추시대 흉악한 도적)이 같은 도적놈은 청천백일에 사마(士馬)를 달려 왕궁 국도에 횡행하되 사람이 보고 이상히 여기지 아니하고, 안자(顔子, 노나라 현인. 맹자의 제자)같이 착한 사람이 누항(陋巷, 좁고 지저분하며 더러운 거리)에 있어서 한 도시락밥을 먹고 한 표주박물을 마시며 간난을 견디지 못하되 한 사람도 불쌍히 여기지 아니하니, 슬프다! 착한 사람과 악한 사람이 거꾸로 되고 충신과 역적이 바뀌었도다. 이같이 천리에 어기어지고 덕의가 없어서 더럽고, 어둡고, 어리석고, 악독하여 금수(禽獸, 짐승)만도 못한 이 세상을 장차 어찌하면 좋을꼬?

나도 또한 인간의 한 사람이라, 우리 인류사회가 이같이 악하게 됨을 근심하여 매양 성현의 글을 읽어 성현의 마음을 본받으려 하더니, 마침 서창에 곤히 든 잠이 춘풍에 이익한 바 되매 유흥을 금치 못하여 죽장망혜(竹杖芒鞋, 먼 길을 떠날 때의 아주 간편한 차림새)로 녹수를 따르고 청산을 찾아서 한 곳에 다다르니, 사면에 기화요초(琪花瑤草, 옥같이 고운 풀에 핀 구슬같이 아름다운 꽃)는 우거졌고 시냇물 소리는 종종하며 인적이 고요한데, 흰 구름 푸른 수풀 사이에 현판(懸板) 하나가 달렸거늘, 자세히 보니 다섯 글자를 크게 썼으되 '금수회의소'라 하고 그 옆에 문제를 걸었는데, '인류를 논

박할 일'이라 하였고, 또 광고를 붙였는데, '하늘과 땅 사이에 무슨 물건이든지 의견이 있거든 의견을 말하고 방청을 하려거든 방청하되 각기 자유로 하라'하였는데, 그곳에 모인 물건은 길짐승·날짐승·버러지·물고기·풀·나무·돌 등물이 다 모였더라.

혼자 마음으로 가만히 생각하여보니, 대저 사람은 만물지중에 가장 귀하고 제일 신령하여 천지의 화육(化育)을 도우며 하느님을 대신하여 세상 만물의 금수·초목까지라도 다 맡아 다스리는 권능이 있고, 또 사람이 만일 패악(悖惡, 사람으로서 마땅히 하여야 할 도리에 어그러지고 흉악함)한 일이 있으면 천히 여겨 금수 같은 행위라 하며, 사람이 만일 어리석고 하는 일이 없으면 초목같이 아무 생각도 없는 물건이라고 욕하나니, 그러면 금수·초목은 천하고 사람은 귀하며 금수·초목은 아무것도 모르고 사람은 신령하거늘, 지금 세상은 바뀌어서 금수·초목이 도리어 사람의 무도패덕함을 공격하려 하니, 괴상하고 부끄럽고 절통(切痛, 뼈에 사무치도록 원통함) 분하여 열었던 입을 다물지도 못하고 정신없이 섰더라.

개회 취지(開會趣旨)

　별안간 뒤에서 무엇이 와락 떠다밀며,

　"어서 들어갑시다. 시간 되었소."

하고 바삐 들어가는 서슬에 나도 따라 들어가서 방청석에 앉아 보니, 각색 길짐승·날짐승·모든 버러지·물고기 등물이 꾸역꾸역 들어와서 그 안에 빽빽하게 서고 앉았는데, 모인 물건은 형형색색이나 좌석은 제제창창(濟濟蹌蹌, 몸가짐이 위엄이 있고 질서가 정연함)한데, 장차 개회하려는지 규칙 방망이 소리가 똑똑 나더니, 회장인 듯한 한 물건이 머리에는 금색이 찬란한 큰 관을 쓰고, 몸에는 오색이 영롱한 의복을 입은 이상한 태도로 회장석에 올라서서 한 번 읍하고, 위의(威儀)가 엄숙하고 형용이 단정하게 딱 서서 여러 회원을 대하여 하는 말이,

　"여러분이여, 내가 지금 여러분을 청하여 만고에 없던 일대 회의를 열 때에 한마디 말씀으로 개회 취지를 베풀려 하오니 재미있게 들어주시기를 바라오.

　대저 우리들이 거주하여 사는 이 세상은 당초부터 있던 것이 아니라, 지극히 거룩하시고 지극히 전능하신 하느님께서 조화로 만드신 것이라. 세계 만물을 창조하신 조화주를 곧 하느님이라 하나니, 일만 이치의 주인 되시는 하느님께서 세계

를 만드시고 또 만물을 만들어 각색 물건이 세상에 생기게 하셨으니, 이같이 만드신 목적은 그 영광을 나타내어 모든 생물로 하여금 인자한 은덕을 베풀어 영원한 행복을 받게 하려 함이라.

그런고로 세상에 있는 모든 물건은 사람이든지 짐승이든지 초목이든지 무슨 물건이든지 다 귀하고 천한 분별이 없은즉, 어떤 것은 높고 어떤 것은 낮다 할 이치가 있으리요. 다 각각 천지의 기운을 타고 생겨서 이 세상에 사는 것인즉, 다 각기 천지 본래의 이치만 좇아서 하느님의 뜻대로 본분을 지키고, 한편으로는 제 몸의 행복을 누리고, 한편으로는 하느님의 영광을 나타낼지니.

그중에도 사람이라 하는 물건은 당초에 하느님이 만드실 때에 특별히 영혼과 도덕심을 넣어서 다른 물건과 다르게 하셨은즉, 사람들은 더욱 하느님의 뜻을 순종하여 천리 정도(天理正道)를 지키고 착한 행실과 아름다운 일로 하느님의 영광을 나타내어야 할 터인데, 지금 세상 사람의 하는 행위를 보니 그 하는 일이 모두 악하고 부정하여 하느님의 영광을 나타내기는 고사하고 도리어 하느님의 영광을 더럽게 하며 은혜를 배반하여 제반악증(諸般惡症, 여러 가지 악한 증세)이 많도다.

외국 사람에게 아첨하여 벼슬만 하려 하고, 제 나라가 다

망하든지 제 동포가 다 죽든지 불고(不顧, 돌아보지 아니함)하는 역적 놈도 있으며, 임금을 속이고 백성을 해롭게 하여 나랏일을 결딴내는 소인 놈도 있으며, 부모는 자식을 사랑치 아니하고, 자식은 부모를 효도로 섬기지 아니하며 형제간에 재물로 인연하여 골육상잔(骨肉相殘, 가까운 혈족끼리 서로 해치고 죽임)하기를 일삼고, 부부간에 음란한 생각으로 화목치 아니한 사람이 많으니, 이 같은 인류에게 좋은 영혼과 제일 귀하다 하는 특권을 줄 것이 무엇이오. 하느님을 섬기던 천사도 악한 행실을 하다가 떨어져서 마귀가 된 일이 있거든 하물며 사람이야 더 말할 것 있소.

태곳적 맨 처음에 사람을 내실 적에는 영혼과 덕의심을 주셔서 만물 중에 제일 귀하다 하는 특권을 주셨으되 저희들이 그 권리를 내어버리고 그 성품을 잃어버리니 몸은 비록 사람의 형상이 그대로 있을지라도 만물 중에 가장 귀하다 하는 인류의 자격은 있다 할 수가 없소.

여러분은 금수라, 초목이라 하여 사람보다 천하다 하나, 하느님이 정하신 법대로 행하여 기는 자는 기고, 나는 자는 날고, 굴에서 사는 자는 깃들임을 침노치 아니하며, 깃들인 자는 굴을 빼앗지 아니하고, 봄에 생겨서 가을에 죽으며, 여름에 나와서 겨울에 들어가니, 하느님의 법을 지키고 천지 이치대로 행하여 정도에 어김이 없은즉, 지금 여러분 금수·초목과 사람을 비교하여 보면 사람이 도리어 낮고 천하며, 여러분이 도리어 귀하고 높은 지위에 있다 할 수 있소. 사람들이 이같이 제 자격을 잃고도 거만한 마음으로 오히려 만물 중에 제가 가장 귀하다, 높다, 신령하다 하여 우리 족속 여러분을 멸시하니 우리가 어찌 그 횡포를 받으리오.

내가 여러분의 마음을 찬성하여 하느님께 아뢰고 본 회의를 소집하였는데, 이 회의에서 결의할 안건은 세 가지 문제가 있소.

제1, 사람 된 자의 책임을 의논하여 분명히 할 일,

제2, 사람의 행위를 들어서 옳고 그름을 의논할 일.

제3, 지금 세상 사람 중에 인류 자격이 있는 자와 없는 자를 조사할 일.

이 세 가지 문제를 토론하여 여러분과 사람의 관계를 분명히 하고, 사람들이 여전히 악한 행위를 하여 회개치 아니하면 그 동물의 사람이라 하는 이름을 빼앗고 '이등 마귀'라 하는 이름을 주기로 하느님께 상주(上奏, 임금에게 말씀을 아뢰던 일)할 터이니, 여러분은 이 뜻을 본받아 이 회의에서 결의한 일을 진행하시기를 바라옵나이다."

회장이 개회 취지를 연설하고 회장석에 앉으니, 한 모퉁이에서 우렁찬 소리로 회장을 부르고 일어서서 연단으로 올라간다.

제1석 반포의 효(反哺之孝) — 까마귀

프록코트를 입어서 전신이 새까맣고 똥그란 눈이 말똥말똥한데, 물 한 잔 조금 마시고 연설을 시작한다.

"나는 까마귀올시다. 지금 인류에 대하여 소회(所懷, 마음에 품고 있는 회포)를 진술할 터인데 반포의 효라 하는 문제를 가지고 잠깐 말씀하겠소.

사람들은 만물 중에 제가 제일이라 하지마는, 그 행실을 살펴볼 지경이면 다 천리(天理)에 어기어져서 하나도 가취할 것이 없소. 사람들의 옳지 못한 일을 모두 다 들어 말씀하려면 너무 지루하겠기에 다만 사람들의 불효한 것을 가지고 말씀할 터인데, 옛날 동양 성인들이 말씀하기를 '효도는 덕의 근본이라', '효도는 일백 행실의 근원이라', '효도는 천하를 다 스린다' 하였고, 예수교 계명에도 '부모를 효도로 섬기라' 하였으니, 효도라 하는 것은 자식 된 자가 고연(固然, 본디부터 그러하다)한 직분으로 당연히 행할 일이올시다.

우리 까마귀의 족속은 먹을 것을 물고 돌아와서 어버이를 기르며 효성을 극진히 하여 망극한 은혜를 갚아서 하느님이 정하신 본분을 지키어 자자손손(子子孫孫, 자손의 여러 대)이 천만대를 내려가도록 가법(家法)을 변치 아니하는 고로 옛적에 백낙천(白樂天, 중국 당나라 시인)이라 하는 분이 우리를 가리켜 새 중의 증자(曾子, 공자의 제자)라 하였고, 《본초강목(本草綱目, 중국 명나라의 이시진이 지은 본초학의 연구서. 흙·옥·돌·초목 등 일천구백팔십이 종을 7항목에 걸쳐 해설하였음)》에는 자조(慈鳥, 새끼가 어미에게 먹이를 날라다 주는 인자한 새)라 일컬었으니, 증자라 하는 양반은 부모에게 효도 잘하기로 유명한 사람이요, 자조라 하는 뜻은 사랑하는 새라 함이니, 부모는 자식을 사랑하고 자식은 부모에게 효도함이 하느님의 법이라.

우리는 그 법을 지키고 어기지 아니하거늘, 지금 세상 사람들은 말하는 것을 보면 낱낱이 효자 같되, 실상 하는 행실을 보면 주색잡기(酒色雜技, 술과 여자와 노름)에 침혹하여 부모의 뜻을 어기며, 형제간에 재물로 다투어 부모의 마음을 상케 하며, 제 한 몸만 생각하고 부모가 주리되 돌아보지 아니하고, 여편네는 학식이라고 조금 있으면 주제넘은 마음이 생겨서 온화 유순한 부덕을 잊어버리고 시집가서는 시부모 보기를 아무것도 모르는 어리석은 물건같이 대접하고, 심하면 원수같이 미워하기도 하니, 인류 사회에 효도 없어짐이 지금 세상보다 더 심함이 없도다.

사람들이 일백 행실의 근본 되는 효도를 알지 못하니 다른 것은 더 말할 것 무엇 있소. 우리는 천성이 효도를 주장하는 고로 출천지효성(出天之孝誠) 있는 사람이면 우리가 감동하여 '노래자(老萊子, 중국 춘추시대 초나라 현인으로 난을 피해 몽산 남쪽에서 농사를 짓고 살았는데 칠십 세에 아이 옷을 입고 어린애 장난을 하여 노부모를 위안하였고, 《노래자(老萊子)》15편을 지었다)'를 도와서 종일토록 그 부모를 즐겁게 하여주며, 증자의 갓 위에 모여서 효자의 아름다운 이름을 천추에 전하게 하였고, 또 우리가 효도만 극진할 뿐 아니라 자고이래로 《사기(史記, 한나라 사마천이 황제부터 무제까지 역대 왕조의 사적을 기전체로 엮은 역사책)》에 빛난 일이 한두 가지가 아니오니 대강 말씀하오리다.

우리가 떼를 지어 논밭으로 내려갈 때 곡식을 해하는 버러지를 없애려고 가건마는 사람들은 미련한 생각에 그 곡식을 파먹는 줄로 아는도다! 서양 책력 1874년, 미국 조류학자 피이르라 하는 사람이 우리 까마귀 족속 이천이백오십팔 마리를 잡아다가 배를 가르고 오장을 꺼내어 해부하여보고 말하기를, '까마귀는 곡식을 해하지 아니하고 곡식에 해되는 버러지를 잡아먹는다' 하였으니, 우리가 곡식밭에 가는 것은 곡식에 이가 되고 해가 되지 아니하는 것은 분명하고, 또 우리가 밤중에 우는 것은 공연히 우는 것이 아니요, 나라에서 법령이 아름답지 못하여 백성이 도탄에 침륜(沈淪, 재산이나 권세가 없어 보잘것없이 됨)하여 천하에 큰 병화가 일어날 징조가 있으면 우리가 아니 울 때에 울어서 사람들이 깨닫고 허물을 고쳐서 세상이 태평무사하기를 희망하고 권고함이요, 강소성(江蘇省) 한산사(寒山寺)에서 달은 넘어가고 서리 친 밤에 쇠북을 주둥이로 쪼아 소리를 내서 대망에게 죽을 것을 살려준 은혜를 갚았고, 한나라 효무제(孝武帝)가 아홉 살 되었을 때에 그 부모는 왕망(王莽, 중국 전한 말의 정치가. 자기가 세운 평제를 독살하고 제위를 빼앗아 국호를 신이라 함)의 난리에 죽고 효무제 혼자 달아날새, 날이 저물어 길을 잃었거늘 우리들이 가서 인도하였고, 연(燕)나라 태자 단이 진(秦)나라에 볼모로 잡혀 있을 때에 우리가 머리를 희게 하여 그 나라로 돌아가게 하였고, 진문공(晉文公)이 개자추(介子推, 중국 춘추시대의 은인. 진문공이 공자일 때 19년 동안 함께 망명 생활을 하며 고생하였으나 문공이 귀국하여 왕이 된 후 자신을 멀리하자 면산(緜山)에 들어가 숨어 산다. 문공이 잘못을 뉘우치고 자추가 나오도록 하기 위하여 그 산에 불을 질렀으나, 나오지 않고 타 죽는다)를 찾으려고 면산에 불을 놓으매 우리가 연기를 에워싸고 타지 못하게 하였더니, 그 후에 진나라 사람이 그 산에 '은연대'라 하는 집을 짓고 우리의 은덕을 기념하였으며, 당나라 이의부는 글을 짓되 상림에 나무를 심어 우리를 준다 하였었고, 또 물병에 돌을 던지니 이솝이 상을 주고, 탁자의 포도주를 다 먹어도 프랭클린이 사랑하도다.

우리 까마귀의 사적(事蹟)이 이러하거늘, 사람들은 우리 소리를 듣고 흉한 징조라 길한 징조라 함은 저희들 마음대로 하는 말이요, 우리에게는 상관없는 일이라. 사람의 일이 흉하든지 길하든지 우리가 울 일이 무엇 있소? 그것은 사람들이 무식하고 어리석어서 저희들이 좋지 아니한 때에 흉하게 듣고 하는 말이로다.

사람이 염병이니 괴질이니 앓아서 죽게 된 때에 우리가 어찌하여 그 근처에 가서 울면, 사람들은 못생겨서 저희들이 약도 잘못 쓰고 위생도 잘못하여 죽는 줄은 알지 못하고 우리가 울어서 죽는 줄로만 알고, 저희끼리 욕설하려면 염병에 까마귀 소리라 하니 아, 어리석기는 사람같이 어리석은 것은 세상에 또 없도다.

요순(堯舜) 적에도 봉황이 나왔고 왕망 때도 봉황이 나오매 요순 적 봉황은 상서라 하고 왕망 때 봉황은 흉조처럼 알았으니, 물론 무슨 소리든지 사람이 근심 있을 때에 들으면 흉조로 듣고 좋은 일 있을 때에 들으면 상서롭게 듣는 것이라. 무엇을 알고 하는 말은 아니요, 길하다 흉하다 하는 것은 듣는 저희에게 있는 것이요, 하는 우리에게 있는 것이 아니거늘, 사람들은 말하기를 까마귀는 흉한 일이 생길 때에 와서 우는 것이라 하여 듣기 싫어하니, 사람들은 이렇듯 이치를 알지 못하는 어리석은 동물이라 책망하여 무엇 하겠소.

또 우리는 아침에 일찍 해 뜨기 전에 집을 떠나서 사방으로 날아다니며 먹을 것을 구하여 부모 봉양도 하고, 나뭇가지를 물어다가 집도 짓고, 곡식에 해되는 버러지도 잡아서 하느님 뜻을 받들다가 저녁이 되면 반드시 내 집으로 돌아가되, 나가고 돌아올 때에 일정한 시간을 어기지 않건마는, 사람들은 점심때까지 자빠져서 잠을 자고 한번 집을 떠나서 나가면 혹은 협잡질하기, 혹은 술장 보기, 혹은 계집의 집 뒤지기, 혹은 노름하기, 세월이 가는 줄을 모르고 저희 부모가 진지를 잡수었는지 처자가 기다리는지 모르고 쏘다니는 사람들이 어찌 우리 까마귀의 족속만 하리오.

사람은 일 아니하고 놀면서 잘 입고 잘 먹기를 좋아하되, 우리는 제가 벌어 제가 먹는 것이 옳은 줄 아는 고로 결단코 우리는 사람들 하는 행위는 아니 하오. 여러분도 다 아시거니와 우리가 사람에게 업신여김을 받을 까닭이 없음을 살피시오."

손뼉 소리에 연단에서 내려가니, 또 한편에서 아리땁고도 밉살스러운 소리로 회장을 부르면서 깡똥깡똥 연설단을 향하여 올라가니, 어여쁜 태도는 남을 가히 호릴 만하고 가웃거리는 모양은 본색이 드러나더라.

제2석 호가호위(狐假虎威) — 여우

여우가 연설단에 올라서서 기생이 시조를 부르려고 목을 가다듬는 것처럼 기침 한 번을 캑 하더니 간사한 목소리로 연설을 시작한다.

"나는 여우올시다. 점잖으신 여러분 모이신 데 감히 나와서 연설하옵기는 방자한 듯하오나, 저 인류에게 대하여 소회가 있삽기 호가호위라 하는 문제를 가지고 두어 마디 말씀을 하려 하오니, 비록 학문은 없는 말이나 용서하여 들어주시기 바라옵니다.

사람들이 옛적부터 우리 여우를 가리켜 말하기를, 요망한 것이라 간사한 것이라 하여 저희들 중에도 요망하든지 간사한 자를 보면 여우 같은 사람이라 하니, 우리가 그 더럽고 괴악한 이름을 듣고 있으나 우리는 참 요망하고 간사한 것이 아니요, 정말 요망하고 간사한 것은 사람이오. 지금 우리와 사람의 행위를 비교하여 보면 사람과 우리와 명칭을 바꾸었으면 옳겠소.

사람들이 우리를 간교하다 하는 것은 다름 아니라 《전국책(戰國策, 전국시대에 종횡가가 제후에게 논한 책략을 한나라 유향이 나라별로 모아 엮은 책)》이라 하는 책에 기록하기를,

호랑이가 일백 짐승을 잡아먹으려고 구할새 먼저 여우를 얻은지라, 여우가 호랑이더러 말하되, 하느님이 나로 하여금 모든 짐승의 어른이 되게 하였으니 지금 자네가 나의 말을 믿지 아니하거든 내 뒤를 따라와보라, 모든 짐승이 나를 보면 다 두려워하느니라 하여 호랑이가 여우의 뒤를 따라가니 과연 모든 짐승이 보고 벌벌 떨며 두려워하거늘 호랑이가 여우의 말을 정말로 알고 잡아먹지 못한지라.

이는 저들이 여우를 보고 두려워한 것이 아니라 여우 뒤의 호랑이를 보고 두려워한 것이니 여우가 호랑이의 위엄을 빌려서 모든 짐승으로 하여금 두렵게 함인데 사람들은 이것을 빙자하여 우리 여우더러 간사하니 교활하니 하되, 남이 나를 죽이려 하면 어떻게 하든지 죽지 않도록 주선하는 것은 당연한 일이라. 호랑이가 아무리 산중 영웅이라 하지마는 우리에게 속은 것만 어리석은 일이라. 속인 우리야 무슨 불가한 일이 있으리오.

지금 세상 사람들은 당당한 하느님의 위엄을 빌려야 할 터인데, 외국의 세력을 빌려 의뢰하여 몸을 보전하고 벼슬을 얻으려 하며, 타국 사람을 부동하여 제 나라를 망하고 제 동포를 압박하니 그것이 우리 여우보다 나은 일이오? 결단코 우리 여우만 못한 물건들이라 하옵네다. (손뼉 소리 천지진동)

또 나라로 말할지라도 대포와 총의 힘을 빌려서 남의 나라를 위협하여 속국도 만들고 보호국도 만드니, 불한당이 칼이나 육혈포를 가지고 남의 집에 들어가서 재물을 탈취하고 부녀를 겁탈하는 것이나 다를 것이 무엇 있소? 각국이 평화를 보전한다 하여도 하느님의 위엄을 빌려서 도덕상으로 평화를 유지할 생각은 조금도 없고 전혀 병장기의 위엄으로 평화를 보전하려 하니 우리 여우가 호랑이의 위엄을 빌려서 제 몸의 죽을 것을 피한 것과 어떤 것이 옳고 어떤 것이 그르오?

또 세상 사람들이 구미호(九尾狐, 몹시 교활한 사람을 비유적으로 이르는 말)를 요망하다 하나, 그것은 대단히 잘못 아는 것이라. 옛적 책을 볼지라도 꼬리 아홉 있는 여우는 상서라 하였으니 《잠학거류서》라 하는 책에는 말하였으되 '구미호가 도(道) 있으면 나타나고 나올 적에는 글을 물어 상서를 주문에 지었다' 하였고, 왕포 《사자강덕론》이라 하는 책에는 '주(周)나라 문왕(文王)이 구미호를 응하여 동편 오랑캐를 돌아오게 하였다' 하였고, 《산해경(山海經, 중국 고대의 지리책)》이라 하는 책에는 '청구국(靑丘國)에 구미호가 있어서 덕이 있으면 오느니라' 하였으니 이런 책을 볼지라도 우리 여우를 요망한 것이라 할 까닭이 없거늘, 사람들이 무식하여 이런 것은 알지 못하고 '여우가 천 년을 묵으면 요사스러운 여편네로 화한다' 하고 혹은 말하기를 '옛적에 음란한 계집이 죽어서 여우로 태어났다' 하니 이런 거짓말이 어디 또 있으리오.

　사람들은 음란하여 별일이 많되 우리 여우는 그렇지 않소. 우리는 분수를 지켜서 다른 짐승과 교통하는 일이 없고, 우리뿐 아니라 여러분이 다 그러하시되 사람이라 하는 것들은 음란하기가 짝이 없소. 어떤 나라 계집은 개와 통간한 일도 있고 말과 통간한 일도 있으니, 이런 일은 천하만국에 한두 사람뿐이겠지마는 한 숟가락 국으로 온 솥의 맛을 알 것이라. 근래에 덕의가 끊어지고 인도(人道, 사람으로서 마땅히 지켜야 할 도리)가 없어져서 세상이 결딴난 일을 이루 다 말할 수 없소.

　사람의 행위가 그러하되 오히려 하느님을 두려워하지 아니하며 짐승을 부끄러워하지 아니하고, 대갓집 규중 여자가 논다니(웃음과 몸을 파는 여자를 속되게 이르는 말)로 놀아나서 이 사람 저 사람 호리기와 각부아문(各部衙門, 관원들이 정무를 보는 곳을 통틀어 이르는 말) 공청에서 기생 불러 놀음 놀기, 전정(前程, 앞으로 가야 할 길)이 만 리 같은 각 학교 학도들이 청루(靑樓, 창기나 창녀들이 있는 집) 방에 다니기와 제 혈육으로 난 자식을 돈 몇 푼에 욕심나서 논다니로 내어놓기, 이런 행위를 볼작시면 말하는 내 입이 다 더러워지오. 에, 더러워, 천지간에 더럽고 요망하고 간사한 것은 사람이오.

우리 여우는 그렇지 않소. 저들끼리 간사한 사람을 보면 여우라 하니, 그러한 사람을 여우라 할진댄 지금 세상 사람 중에 여우 아닌 사람이 몇몇이나 있겠소? 또 저희들은 서로 여우 같다 하여도 가만히 듣고 있으되 만일 우리더러 사람 같다 하면 우리는 그 이름이 더러워서 아니 받겠소. 내 소견 같으면 이후로는 사람을 사람이라 하지 말고 여우라 하고, 우리 여우를 사람이라 하는 것이 옳은 줄로 아나이다."

제3석 정와어해(井蛙語海) ─ 개구리

 여우가 연설을 그치고 할금할금 돌아보며 제자리로 내려가니, 또 한편에서 회장을 부르고 아장아장 걸어와서 연단 위에 깡충 뛰어 올라간다. 눈은 톡 불거지고 배는 똥똥하고 키는 작달막한데 눈을 깜작깜작하며 입을 벌쭉벌쭉하고 연설한다.

 "나의 성명은 말씀 아니 하여도 여러분이 다 아시리라. 나는 출입이라고는 미나리 논밖에 못 가본 고로 세계 형편도 모르고, 또 맹꽁이를 이웃하여 산 고로 구학문의 맹자 왈 공자 왈은 대강 들었으나 신학문은 아는 것이 변변치 아니하나 지금 정와(井蛙, 우물 안 개구리라는 뜻)의 어해(語海)라 하는 문제로 대강 인류 사회를 논란코자 하옵네다.

 사람들은 거만한 마음이 많아서 저희들이 천하에 제일이라 하고 만물 중에 저희가 가장 귀하다고 자칭하지마는 제 나랏일도 잘 모르면서 양비대담(攘臂大談, 소매를 걷어 올리고 큰소리를 침)하고 큰소리 탕탕하고 주제넘은 말을 하는 것이 우습다.
 우리 개구리를 가리켜 말하기를 '우물 안 개구리와 바다

이야기 할 수 없다' 하니, 항상 우물 안에 있는 개구리는 우물이 좁은 줄만 알고 바다에는 가보지 못하여 바다가 큰지 작은지, 넓은지 좁은지, 긴지 짧은지, 깊은지 얕은지 알지 못하나 못 본 것을 아는 체는 아니 하거늘, 사람들은 좁은 소견을 가지고 외국 형편도 모르고 천하대세도 살피지 못하고 공연히 떠들며 무엇을 아는 체하고, 나라는 다 망하여가건마는 썩은 생각으로 갑갑한 말만 하는도다.

또 어떤 사람들은 제 나라 안에 있어서 제 나랏일을 다 알지 못하면서 보도 듣도 못한 다른 나라 일을 다 아노라고 추척대니 가증하고 우습도다.

연전에 어느 나라 어떤 대관이 외국 대관을 만나서 수작할 새 외국 대관이 묻기를,

'대감이 지금 내무대신으로 있으니 전국의 인구와 호수가 얼마나 되는지 아시오?'

한데 그 대관이 묵묵히 무언하는지라. 또 묻기를,

'대감이 전에 탁지대신(度支大臣, 대한 제국 때 탁지부의 관직)을 지내었으니 전국의 결총(結總, 조선 시대 토지세 징수의 기준이 된 논밭 면적)과 국고의 세출·세입이 얼마나 되는지 아시오?'

한데 그 대관이 또 아무 말도 못하는지라. 그 외국 대관이 말하기를,

'대감이 이 나라에 나서 이 정부의 대신으로 이같이 모르니 귀국을 위하여 가석하도다.'

하였고, 작년에 어느 나라 내부에서 각 읍에 훈령(訓令, 상급 관청에서 하급 관청에 내리는 명령)하고 부동산을 조사하여 보아라 하였더니 어떤 군수는 고하기를, '이 고을에는 부동산이 없다' 하여 일세의 웃음거리가 되었으니 이같이 제 나라 일도 크나 작으나 도무지 아는 것 없는 것들이 일본이 어떠하니, 아라사(러시아)가 어떠하니, 구라파(유럽)가 어떠하니, 아메리카가 어떠하니, 제가 가장 아는 듯이 지껄이니 기가 막히오.

대저 천지의 이치는 무궁무진하여 만물의 주인 되시는 하느님밖에 아는 이가 없는지라, 《논어(論語)》에 말하기를 '하느님께 죄를 얻으면 빌 곳이 없다' 하였는데 그 주(註)에 말하기를 '하느님은 곧 이치' 라 하였으니 하느님이 곧 이치요, 하느님이 곧 만물 이치의 주인이라. 그런고로 하느님은 곧 조화주요, 천지만물의 대주재시니 천지만물의 이치를 다 아시려니와 사람은 다만 천지간의 한 물건인데 어찌 이치를 알 수 있으리오.

여간 좀 연구하여 아는 것이 있거든 그 아는 대로 세상에 유익하고 사회에 효험 있게 아름다운 사업을 영위할 것이거늘, 조그만치 남보다 먼저 알았다고 그 지식을 이용하여 남의 나라 빼앗기와 남의 백성 학대하기와 군함·대포를 만들어서 악한 일에 종사하니, 그런 나라 사람들은 당초에 사람 되는 영혼을 주지 아니하였다면 도리어 좋을 뻔하였소.

또 더욱 도리에 어기어지는 일이 있으니, 나의 지식이 저 사람보다 조금 낫다고 하면 남을 가르쳐준다 하고 실상은 해롭게 하며, 남을 인도하여 준다 하고 제 욕심 채우는 일만 하며, 어떤 사람은 제 나라 형편도 모르면서 타국 형편을 아노라고 외국 사람을 부동하여 임금을 속이고 나라를 해치며, 백성을 위협하여 재물을 도둑질하고 벼슬을 도둑질하며 개화하였다고 자칭하여 양복 입고, 단장(지팡이) 짚고, 궐련(담배) 물고, 시계 차고, 살죽경(대나무 모자) 쓰고, 인력거나 자행거 타고, 제가 외국 사람인 체하여 제 나라 동포를 압제하며, 혹은 외국 사람 상종함을 영광으로 알고 아첨하며, 제 나라 일을 변변히 알지도 못하는 것을 가르쳐주며, 여간 월급 냥이나 벼슬아치나 얻어 하느라고 남의 나라 정탐꾼이 되어 애매한 사람 모함하기, 어리석은 사람 위협하기로 능사를 삼으니 이런 사람들은 안다 하는 것이 도리어 큰 병통이 아니오?

우리 개구리의 족속은 우물에 있으면 우물에 있는 분수를 지키고, 미나리 논에 있으면 미나리 논에 있는 분수를 지키고, 바다에 있으면 바다에 있는 분수를 지키나니, 그러면 우

리는 사람보다 상등이 아니오니까. (손뼉 소리 짤각짤각)

또 무슨 동물이든지 자식이 아비 닮는 것은 하느님의 정하신 뜻이라. 우리 개구리는 대대로 자식이 아비 닮고 손자가 할아비를 닮되 형용도 똑같고 성품도 똑같아서 추호도 다르지 않거늘, 사람의 자식은 제 아비 닮는 것이 별로 없소. 요(堯)임금의 아들이 요(堯)임금을 닮지 아니하고, 순(舜)임금의 아들이 순(舜)임금과 같지 아니하고, 하우씨(夏禹氏, 중국 하나라의 우임금)와 은왕 성탕(成湯, 탕왕(湯王)의 다른 이름)은 성인이로되, 그 자손 중에 포학하기로 유명한 걸(桀, 하나라 걸왕)과 주(紂, 은나라 주왕) 같은 이가 났고, 왕건(王建, 고려 제1대 왕) 태조는 영웅이로되 왕우(王偶)·왕창(王昌)이 생겼으니, 일로 보면 개구리 자손은 개구리를 닮되 사람의 새끼는 사람을 닮지 아니하도다. 그러한즉 천지자연의 이치를 지키는 자는 우리가 사람에게 비교할 것이 아니요, 만일 아비를 닮지 아니한 자식을 마귀의 자식이라 할진대 사람의 자식은 다 마귀의 자식이라 하겠소.

또 우리는 관가 땅에 있으면 관가를 위하여 울고 사사(私私) 땅에 있으면 사사를 위하여 울거늘, 사람은 한 번만 벼슬자리에 오르면 붕당(朋黨, 이념과 이해에 따라 이루어진 정치적 당파)을 세워서 권리 다툼하기와 권문세가에 아첨하러 다니기와 백성을 잡아다가 주리 틀고 돈 빼앗기와 무슨 일을 당하면 청촉(請囑, 청을 들어주기를 부탁함) 듣고 뇌물 받기와 나랏돈 도적질하기와 인민의 고혈을 빨아먹기로 종사하니, 날더러 도적놈 잡으라 하면 벼슬하는 관인들은 거반 다 감옥서 감이오.

또 우리들의 우는 것이 울 때에 울고 길 때에 기고 잠잘 때에 자는 것이 천지 이치에 합당하거늘, 불란서라 하는 나라 양반들이 우리 개구리의 우는 소리를 듣기 싫다고 백성들을 불러 개구리를 다 잡으라 하다가 마침내 혁명당이 일어나서 난리가 되었으니 사람같이 무도한 것이 세상에 또 있으리오?

당나라 때에 한 사람이 우리를 두고 글을 짓되 '개구리가 도의 맛을 아는 것 같아서 연꽃 깊은 곳에서 운다' 하였으니, 우리의 도덕심 있는 것은 사람도 아는 것이라. 우리가 어찌 사람에게 굴복하리오.

동양 성인 공자께서 말씀하시기를, '아는 것은 안다 하고 알지 못하는 것은 알지 못한다 하는 것이 정말 아는 것이라' 하였으니, 저희들이 천박한 지식으로 남을 속이기를 능사로 알고 천하만사를 모두 아는 체하니, 우리는 이같이 거짓말은 하지 아니하오. 사람이란 것은 하느님의 이치를 알지 못하고 악한 일만 많이 하니 그대로 둘 수 없으니 차후는 사람이라 하는 명칭을 주지 않는 것이 대단히 옳을 줄로 생각하오."

넙죽넙죽 하는 말이 소진(蘇秦, 중국 전국시대 제자백가 중 합종책(合縱策)을 씀)·장의(張儀, 제자백가 중 연횡책(連衡策)을 씀)가 오더라도 당치 못할러라. 말을 그치고 내려오니 또 한편에서 회장을 부르고 나는 듯이 연설단에 올라간다.

제4석 구밀복검(口蜜腹劍) — 벌

허리는 잘록하고 체격은 조그마한데 두 어깨를 떡 벌리고 청랑(淸朗, 맑고 명랑함)한 소리로 머리를 까딱까딱하면서 연설한다.

"나는 벌이올시다. 지금 구밀복검(口蜜腹劍, 입에는 꿀이 있고 배 속에는 칼이 있다는 뜻)이라 하는 문제를 가지고 잠깐 두어 마디 말씀할 터인데, 먼저 서양서 들은 이야기를 잠깐 하오리다. 당초에 천지개벽할 때에 하느님이 에덴동산을 준비하사 각색 초목과 각색 짐승을 그 안에 두고 사람을 만들어 거기서 살게 하시니 그 사람의 이름은 아담이라 하고 그 아내는 이와라 하였는데 지금 온 세상 사람들의 조상이라.

사람은 특별히 모양이 하느님과 같고 마음도 하느님과 같게 하였으니 사람은 곧 하느님의 아들이라 하는 뜻을 잊지 말고 하느님의 마음을 본받아 지극히 착하게 되어야 할 터인데, 아담과 이와가 죄를 짓고 에덴동산에서 쫓겨난지라.

우리 벌의 조상은 죄도 아니 짓고 하느님의 뜻대로 순종하여 각색 초목의 꽃으로 우리의 전답을 삼고 꿀을 농사하여 양식을 만들어 복락을 누리니 조상 적부터 우리가 사람보다 나은지라.

세상이 오래되어갈수록 사람은 하느님과 더욱 멀어지고 오늘날 와서는 거죽은 사람의 형용이 그대로 있으나 실상은 시랑(豺狼, 승냥이와 이리)과 마귀가 되어 서로 싸우고 서로 죽이고 서로 잡아먹어서 약한 자의 고기는 강한 자의 밥이 되고, 큰 것은 작은 것을 압제하여 남의 권리를 늑탈하여 남의 재산을 속여 빼앗으며, 남의 토지를 앗아 가고 남의 나라를 위협하여 망하게 하니 그 흉측하고 악독함을 무엇이라 이르겠소?

사람들이 우리 벌을 독한 사람에게 비유하여 말하기를, '입에 꿀이 있고 배에 칼이 있다' 하나 우리 입의 꿀은 남을 꾀이려 하는 것이 아니라 우리 양식을 만드는 것이요, 우리 배의 칼은 남을 공연히 쏘거나 찌르는 것이 아니라 남이 나를 해치려 하는 때에 정당방위로 쓰는 칼이요, 사람같이 입으로는 꿀같이 말을 달게 하고 배에는 칼 같은 마음을 품은 우리가 아니오. 또 우리의 입은 항상 꿀만 있으되 사람의 입은 변화가 무쌍하여 꿀같이 단 때도 있고, 고추같이 매운 때도 있고, 칼같이 날카로운 때도 있고, 비상같이 독할 때도 있어서 마주대하였을 때에는 꿀을 들어붓는 것같이 달게 말하다가 돌아서면 흉보고 욕하고 노여워하고 악담하며, 좋아지낼 때에는 깨소금 항아리같이 고소하고 맛있게 수작하다가 조금만 미흡한 일이 있으면 죽일 놈 살릴 놈 하며 무성포(無聲砲,

소리 안 나는 총)가 있으면 곧 놓아 죽이려 하니 그런 악독한 것이 어디 또 있으리오. 에, 여러분, 여보시오. 그래, 우리 짐승 중에 사람들처럼 그렇게 악독한 것들이 있단 말이오? (손뼉 소리 귀가 막막)

사람들이 서로 욕설하는 소리를 들으면 참 귀로 들을 수 없소. 별 흉악망측한 말이 많소. '빠가', '갓댐' 같은 욕설은 오히려 관계치 않소. '네밀 붙을 놈', '염병에 땀을 못 낼 놈' 하는 욕설은 제 입을 더럽히고 제 마음 악한 줄을 모르고 얼씬하면 이런 욕설을 함부로 하니 어떻게 흉악한 소리오.

에, 사람의 입에는 도덕상 좋은 말은 별로 없고 못된 소리만 쓸데없이 지저귀니 그것들을 사람이라고? 그것들을 만물 중에 가장 귀한 것이라고? 우리는 천지간의 미물이로되 그렇지는 않소.

또 우리는 임금을 섬기되 충성을 다하고 장수를 뫼시되 군령이 분명하여, 다 각각 직업을 지켜 일을 부지런히 하여 주리지 아니하거늘, 어떤 나라 사람들은 제 임금을 죽이고 역적의 일을 하며, 제 장수의 명령을 복종치 아니하고 난병도 되며, 백성들은 게을러서 아무 일도 아니 하고 공연히 쏘다니며, 놀고 먹고 놀고 입기 좋아하며, 술이나 먹고 노름이나 하고 계집의 집이나 찾아다니고 협잡이나 하고, 그렁저렁 세월을 보내어 집이 구차하고 나라가 간난하니 사람으로 생겨

나서 우리 벌들보다 낫다 하는 것이 무엇이오?

서양의 어느 학자가 우리를 두고 노래를 지었으니,

아침 이슬 저녁 볕에

이 꽃 저 꽃 찾아가서

부지런히 꿀을 물고

제 집으로 돌아와서

반은 먹고 반은 두어

겨울 양식 저축하여

무한 복락 누릴 때에

하느님의 은혜라고

빛난 날개 좋은 소리

아름답게 찬미하네

그래, 사람 중에 사람스러운 것이 몇이나 있소? 우리는 사람들에게 시비 들을 것 조금도 없소. 사람들의 악한 행위를 말하려면 끝이 없겠으나 시간이 부족하여 그만둡네다.”

제5석 무장공자(無腸公子) — 게

벌이 연설을 그치고 미처 연설단을 내려서기 전에 또 한편에서 회장을 부르고 나오니, 모양이 기괴하고 눈에 영채(映彩, 환하게 빛나는 고운 빛깔)가 있어 힘센 장수같이 두 팔을 쩍 벌리고 어깨를 추썩추썩하며 하는 말이,

"나는 게올시다. 지금 무장공자(無腸公子, 창자가 없는 동물이라는 뜻)라 하는 문제로 연설할 터인데, 무장공자라 하는 말은 창자 없는 물건이라 하는 말이니, 옛적에 포박자(抱朴子, 중국 진나라 때 도교 연금술사)라 하는 사람이 우리 게의 족속을 가리켜 무장공자라 하였으니 대단히 무례한 말이로다.

그래, 우리는 창자가 없고 사람들은 창자가 있소? 시방 세상 사는 사람 중에 옳은 창자 가진 사람이 몇 명이나 되겠소? 사람의 창자는 참 썩고 흐리고 더럽소. 의복은 능라주의(綾羅紬衣, 비단옷과 명주옷)로 지르르 흐르게 잘 입어서 외양은 좋아도 다 가죽만 사람이지 그 속에는 똥밖에 아무것도 없소.

좋은 칼로 배를 가르고 그 속을 보면 구린내가 물큰물큰 나오. 지금 어떤 나라 정부를 보면 깨끗한 창자라고는 아마 몇

개가 없으리다. 신문에 그렇게 나무라고, 사회에서 그렇게 시비하고, 백성이 그렇게 원망하고, 외국 사람이 그렇게 욕들을 하여도 모르는 체하니 이것이 창자 있는 사람들이오?

그 정부에 옳은 마음 먹고 벼슬하는 사람 누가 있소? 한 사람이라도 있거든 있다고 하시오. 만판 경륜(經綸, 경험을 가지고 일을 계획함)이 임금 속일 생각, 백성 잡아먹을 생각, 나라 팔아먹을 생각밖에 아무 생각 없소. 이같이 썩고 더럽고 똥만 들어서 구린내가 물큰물큰 나는 창자는 우리의 없는 것이 도리어 낫소.

또 욕을 보아도 성낼 줄도 모르고, 좋은 일을 보아도 기뻐할 줄 알지 못하는 사람이 많이 있소. 남의 압제를 받아 살 수 없는 지경에 이르되 깨닫고 분한 마음 없고, 남에게 그렇게 욕을 보아도 노여워할 줄 모르고 종노릇하기만 좋게 여기고 달게 여기며, 관리에게 무례한 압박을 당하여도 자유를 찾을 생각이 도무지 없으니 이것이 창자 있는 사람들이라 하겠소?

우리는 창자가 없다 하여도 남이 나를 해치려 하면 죽더라도 가위로 집어 한 놈 물고 죽소. 내가 한번 어느 나라에 지나다 보니, 외국 병정이 지나가는데 그 나라 부인을 건드려 젖퉁이를 만지려 하매 그 부인이 소리를 지르고 욕을 한즉, 그 병정이 발로 차고 손으로 때려서 행악(行惡, 모질고 나쁜

짓)이 무쌍한지라. 그 나라 사람들이 모여 서서 그것을 구경만 하고 한 사람도 대들어 그 부인을 도와주고 구원하여주는 사람이 없으니, 그 사람들은 그 부인이 외국 사람에게 당하는 것을 상관없는 줄로 알아서 그러한지 겁이 나서 그러한지, 결단코 남의 일이 아니라 저의 동포가 당하는 일이니 저들이 당함이거늘 그것을 보고 분낼 줄 모르고 도리어 웃고 구경만 하니, 그 부인의 오늘날 당하는 욕이 내일 제 어미나 제 아내에게 또 돌아올 줄을 알지 못하는가?

이런 것들이 창자 있다고 사람이라 자긍(自矜, 스스로에게 긍지를 가짐)하니 허리가 아파 못살겠소. 창자 없는 우리 게는 어찌하면 좋겠소? 나라에 경사가 있으되 기뻐할 줄 알지 못하여 국기 하나 내어 꽂을 줄 모르니 그것이 창자 있는 것이오? 그런 창자는 부럽지 않소.

창자 없는 우리 게의 행한 사적을 좀 들어보시오. 송나라 때 추호라 하는 사람이 채경에서 사로잡혀 소주로 귀양 갈 때 우리가 구원하였으며, 산주 구세라 하는 때에 한 처녀가 죽게 된 것을 살려내느라고 큰 뱀을 우리 가위로 잘라 죽였으며, 산신과 싸워서 호인의 배를 구원하였고, 객사한 송장을 드러내어 음란한 계집의 죄를 발각하였으니 우리의 행한 일은 다 옳고 아름다운 일이오. 사람같이 더러운 일은 하지 않소.

또 사람들도 우리의 행위를 자세히 아는 고로 '게도 제 구멍이 아니면 들어가지 아니한다'는 속담이 있소. 참 그러하지요. 우리는 암만 급하더라도 들어갈 구멍이라야 들어가지 부당한 구멍에는 들어가지 않소.

사람들을 보면 부당한 데로 들어가는 사람이 많소. 부모처자를 내버리고 중이 되어 산속으로 들어가는 이도 있고, 여염(閭閻, 살림집이 많이 모여 있는 곳)집 부인네들은 음란한 생각으로 불공한다 핑계하고 절간 초막으로 들어가는 이도 있고, 명예 있는 신사라 자칭하고 쓸데없는 돈 내버리러 기생집에 들어가는 이도 있고, 옳은 길 내버리고 그른 길로 들어가는 사람, 옳은 종교 싫다 하고 이단으로 들어가는 사람, 돌을 안고 못으로 들어가는 사람, 섶을 지고 불로 들어가는 사람, 이루 다 말할 수 없소.

당연히 들어갈 데와 못 들어갈 데를 분별치 못하고 못 들어갈 데를 들어가서 화를 당하고 패를 보고 해를 끼치니, 이런 사람들이 무슨 창자 있노라고 우리의 창자 없는 것을 비웃소?

지금 사람들을 보면 그 창자가 다 썩어서 미구(未久, 오래지 않아)에 창자 있는 사람은 한 개도 없이 다 무장공자가 될 것이니 이다음에는 사람더러 무장공자라 불러야 옳겠소."

제6석 영영지극(營營之極) — 파리

게가 입에서 거품이 부걱부걱 나오며 수용산출(水湧山出, 물이 샘솟고 산이 솟아 나온다는 뜻)로 하던 말을 그치고 엉금엉금 기어 내려가니, 파리가 또 회장을 부르고 나는 듯이 연단에 올라가서 두 손을 싹싹 비비면서 말을 한다.

"나는 파리올시다. 사람들이 우리 파리를 가리켜 말하기를 '파리는 간사한 소인이라' 하니, 대저 사람이라 하는 것들은 저의 흉은 살피지 못하고 다만 남의 말은 잘하는 것들이오. 간사한 소인의 성품과 태도를 가진 것들은 사람들이오. 우리는 결단코 소인의 성품과 태도를 가진 것이 아니오. 《시전(詩傳, 시경의 내용을 알기 쉽게 풀이한 책)》이라 하는 책에 말하기를, '영영한 푸른 파리가 횃대에 앉았다' 하였으니, 이것은 우리를 가리켜 한 말이 아니라 사람들을 비유한 말이오. 옛글에 '방에 가득한 파리를 쫓아도 없어지지 않는다.' 하는 말도 우리를 두고 한 말이 아니라 사람 중의 간사한 소인을 가리켜 한 말이오.

우리는 결코 간사한 일은 하지 아니하였소마는 인간에는 참 소인이 많습디다. 사슴을 가리켜 말이라 하여 임금을 속인 것이 비단 조고(趙高, 중국 진나라 때 내시) 한 사람뿐 아니라 지금 망하여 가는 나라 조정을 보면 온 정부가 다 조고 같은 간신이요, 천자를 끼고 제후에게 호령함이 또한 조조(曹操, 삼국 시대 위나라의 시조) 한 사람뿐 아니라, 지금은 도덕은 떨어지고 효박(인정이 없고 각박함)한 풍기를 보면 온 세계가 다 조조 같은 소인이라.

웃음 속에 칼이 있고 말 속에 총이 있어, 친구라고 사귀다가 저 잘되면 차버리고, 동지라고 상종하다가 남 죽이고 저 잘되기, 누구누구는 빈천지교(貧賤之交, 가난하고 천할 때 사귄 벗) 저버리고 조강지처(糟糠之妻, 몹시 가난하고 천할 때에 고생을 함께 겪어 온 아내) 내쫓으니 그것이 사람이며, 아무아무 유지지사(有志之士, 뜻이 있는 선비) 고발하여 감옥서에 몰아넣고 저 잘되기 희망하니 그것도 사람인가?

쓸개에 가 붙고 간에 가 붙어 요리조리 알씬알씬하는 사람 정말 밉기도 밉습디다. 여러분도 다 아시거니와 그래, 공담(公談, 공무(公務)에 관한 이야기)으로 말하자면 우리가 소인이오? 사람들이 간물(奸物, 간사한 사람)이오? 생각들 하여 보시오.

또 우리는 먹을 것을 보면 혼자 먹는 법 없소. 여러 족속을 청하고 여러 친구를 불러서 화락한 마음으로 한가지로 먹지마는 사람들은 이(利) 끝만 보면 형제간에도 의가 상하고 일가간에도 정이 없어지며, 심한 자는 서로 골육상쟁(骨肉相

爭, 가까운 혈족끼리 서로 싸움)하기를 예사로 아니, 참 기가 막히오.

동포끼리 서로 사랑하고 서로 구제하는 것은 하느님의 이치거늘 사람들은 과연 저의 동포끼리 서로 사랑하는가? 저들끼리 서로 빼앗고 서로 싸우고 서로 시기하고 서로 흉보고 서로 총을 쏘아 죽이고 서로 칼로 찔러 죽이고 서로 피를 빨아 마시고 서로 살을 깎아 먹되 우리는 그렇지 않소.

세상에 제일 더러운 것은 똥이라 하지마는 우리가 똥을 눌 때 남이 다 보고 알도록 흰 데는 검게 누고 검은 데는 희게 누어서 남을 속일 생각은 하지 않소. 사람들은 똥보다 더 더러운 일을 많이 하지마는 혹 남의 눈에 보일까, 남의 입에 오르내릴까 겁을 내어 은밀히 하되 무소부지(無所不知, 모르는 것이 없음)하신 하느님은 먼저 아시고 계시오.

옛적에 유형이라 하는 사람은 부채를 들고 참외에 앉은 우리를 쫓고, 왕사라 하는 사람은 칼을 빼어 먹을 먹는 우리를 쫓을새, 저 사람들이 그렇게 쫓되 우리가 가지 아니함을 성내어 하는 말이, '파리는 쫓아도 도로 온다.'며 미워하니, 저들이 쫓을 것은 쫓지 아니하고 아니 쫓을 것은 쫓는도다.

사람들은 우리를 쫓으려 할 것이 아니라 불가불 쫓아야 할 것이 있으니 사람들아, 부채를 놓고 칼을 던지고 잠깐 내 말을 들어라. 너희들이 당연히 쫓을 것은 너희 마음을 수고롭게 하는 마귀니라. 사람들아, 사람들아. 너희들은 너희 마음 속에 있는 물욕을 쫓아버려라. 너희 머릿속에 있는 썩은 생각을 내어쫓으라. 너희 조정에 있는 간신들을 쫓아버려라. 너희 세상에 있는 소인들을 내쫓으라. 참외가 다 무엇이며 먹이 다 무엇이냐? 사람들아, 사람들아. 우리 수십억만 마리가 일제히 손을 비비고 비나니, 우리를 미워하지 말고 하느님이 미워하시는, 너희를 해치는 여러 마귀를 쫓으라. 손으로만 빌어서 아니 들으면 발로라도 빌겠다."

의기가 양양하여 사람을 저희 똥만치도 못하게 나무라고, 겸하여 충고의 말로 권고하고 내려간다.

제7석 가정맹어호(苛政猛於虎) — 호랑이

웅장한 소리로 회장을 부르니 산천이 울린다. 연단에 올라서서 머리를 설레설레 흔들고 좌중을 내려다보니 눈알이 등불 같고 위풍이 늠름한데 주홍 같은 입을 떡 벌리고 어금니를 부지직 갈며 연설하는데 좌중이 조용하다.

"본원의 이름은 호랑인데 별호는 산군이올시다. 여러분 중에도 혹 아시는 이도 있을 듯하오. 지금 가정이 맹어호(猛於虎, 호랑이 보다 더 사납다)라 하는 문제를 가지고 두어 마디할 터인데, 이것은 여러분 아시는 것과 같이 옛적 유명한 성인 공자님이 하신 말씀이라. 가정이 맹어호라 하는 뜻은 까다로운 정사(政事, 나라를 다스리는 일)가 호랑이보다 무섭다 함이니, 양자(楊子, 중국 전국시대의 학자)라 하는 사람도 이와 같은 말을 했는데 '혹독한 관리는 날개 있고 뿔 있는 호랑이와 같다' 한지라.

세상에 사람들이 말하기를 '제일 포악하고 무서운 것은 호랑이라' 하였으니 자고이래로 사람들이 우리에게 해를 받은 자가 몇 명이나 되느뇨? 도리어 사람이 사람에게 해를 당하며 살육(殺戮, 사람을 마구 죽임)을 당한 자가 몇억만 명인지 알 수 없소. 우리는 설사 포악한 일을 할지라도 깊은 산과 깊은 골과 깊은 수풀 속에서만 횡행할 뿐이요.

사람처럼 청천백일(靑天白日, 하늘이 맑게 갠 대낮)지하에 왕궁 국도에서는 하지 아니하거늘 사람들은 대낮에 사람을 죽이고 재물을 빼앗으며 죄 없는 백성을 감옥서에 몰아넣어서 돈 바치면 내어놓고 세 없으면 죽이는 것과, 임금은 아무리 인자하여 사전(赦典, 국가적인 경사가 있을 때 죄인을 용서하여 놓아주던 일)을 내리더라도 법관이 용사(用事, 권세를 부림)하여 공평치 못하게 죄인을 조종하고, 돈을 받고 벼슬을 내어서 벼슬한 사람이 그 밑천을 뽑으려고 음흉한 수단으로 정사를 까다롭게 하여 백성을 못 견디게 하니, 사람들의 악독한 일을 우리 호랑이에게 비하여 보면 몇만 배가 될는지 알 수 없소.

또 우리는 다른 동물을 잡아먹더라도 하느님이 만들어주신 발톱과 이빨로 하느님의 뜻을 받아 천성의 행위를 행할 뿐이거늘, 사람들은 학문을 이용하여 화학이니 물리학이니 배워서 사람의 도리에 유익한 옳은 일에 쓰는 것은 별로 없고, 각색 병기를 발명하여 군함이니 대포니 총이니 탄환이니 화약이니 칼이니 활이니 하는 등물(等物)을 만들어서 재물을 무한히 내버리고 사람을 무수히 죽여서 나라를 만들 때의 만반 경륜은 다 남을 해하려는 마음뿐이라.

그런고로 영국 문학박사 판스라 하는 사람이 말하기를, '사람이 사람에게 대하여 잔인한 까닭으로 수천만 명 사람이 참혹한 지경에 들어갔도다.' 하였고, 옛날 진(秦)소왕(昭王)이 초(楚)회왕(懷王)을 청하매 초회왕이 진나라에 들어가려 하거늘 그 신하 굴평(屈平, 초나라 정치가이며 시인)이 간하여 가로되, '진나라는 호랑이 나라이라 가히 믿지 못할지니 가시지 마소서' 하였으니 호랑이의 나라가 어찌 진나라 하나뿐이리오.

오늘날 오대주(五大洲)를 둘러보면 사람 사는 곳곳마다 어느 나라가 욕심 없는 나라가 있으며, 어느 나라가 포악하지 아니한 나라가 있으며, 어느 인간이 고상한 천리를 말하는 자가 있으며, 어느 세상에 진정한 인도(人道, 사람이 지켜야 할 도리)를 의논하는 자가 있느뇨?

나라마다 진나라요, 사람마다 호랑이라. 세상 사람들이 말하기를 호랑이는 포학(暴虐, 몹시 잔인하고 난폭함) 무쌍(無雙, 서로 견줄 만한 것이 없음)한 것이라 하되 이것은 알지 못하는 말이로다. 우리는 원래 천품이 은혜를 잘 갚고 의리를 깊이 아나니 글자 읽은 사람은 짐작할 듯하오. 옛적에 진나라 곽무자라 하는 사람이 호랑이 목구멍에 걸린 뼈를 빼내어주었더니 사슴을 드려 은혜를 갚았고, 영윤 자문을 낳아서 몽택에 버렸더니 젖을 먹여 길렀으며, 양위의 효성에 감동하여 몸을 물리쳤으니, 이런 일을 보면 우리가 은혜에 감동하고 의리를 아는 것이라. 사람들로 말하면 은혜를 알고 의리를 지키는 사람이 몇몇이나 되겠소?

옛적 사람이 말하기를 '호랑이를 기르면 후환이 된다' 하여 지금까지 양호유환(養虎遺患, 범을 길러서 화근을 남긴다는 뜻)이라 하는 문자를 쓰지마는 되지 못한 사람의 새끼를 기르는 것이 도리어 정말 후환이 되는지라. 호랑이 새끼를 길러서 돈을 모으는 사람은 있으되 사람의 자식을 길러서 덕을 보는 사람은 별로 없소.

또 속담에 이르기를, '호랑이 죽음은 껍질에 있고 사람의 죽음은 이름에 있다.' 하니 지금 세상 사람에게 정말 명예 있는 사람이 몇 명이나 있소? 인생칠십고래희(人生七十古來稀, 인생 칠십 살기 드문 일이라는 뜻)라, 한세상 살 동안이 얼마 되지 아니한데 옳은 일만 할지라도 다 못 하고 죽을 터인데 꿈결 같은 이 세상을 구구히 살려 하여 못된 일 할 생각이 시꺼멓게 있어서, 앞문으로 호랑이를 막고 뒷문으로 승냥이를 불러들이는 자도 있으니 어찌 불쌍치 아니하리오. 옛적 사람은 호랑이의 가죽을 쓰고 도적질하였으나, 지금 사람들은 껍질은 사람의 껍질을 쓰고 마음은 호랑이의 마음을 가져서 더욱 험악하고 더욱 흉포한지라.

하느님은 지공무사(至公無私, 공정하여 사사로움이 없음)하신 하느님이시니 이같이 험악하고 흉포한 것들에게 제일 귀하고 신령하다는 권리를 줄 까닭이 무엇이오? 사람으로 못 된 일 하는 자의 종자를 없애는 것이 좋은 줄로 생각하옵네 다."

제8석 쌍거쌍래(雙去雙來) — 원앙

호랑이가 연설을 그치고 내려가니, 또 한편에서 형용이 단정하고 태도가 신중한 어여쁜 원앙새가 연단에 올라서서 애연(哀然, 슬픈 듯하다)한 목소리로 말을 한다.

"나는 원앙이올시다. 여러분이 인류의 악행을 공격하는 것이 다 절당한 말씀이로되 인류의 제일 괴악한 일은 음란한 것이오. 하느님이 사람을 내실 때에 한 남자에 한 여인을 내셨으니 한 사나이와 한 여편네가 서로 저버리지 아니함은 천리(天理, 천지자연의 이치)에 정한 인륜(人倫, 사람이 지켜야 할 도리)이라.

사나이도 계집을 여럿 두는 것이 옳지 않고 여편네도 서방을 여럿 두는 것이 옳지 않거늘, 세상 사람들은 다 생각하기를 사나이는 계집을 많이 두고 호강하는 것이 좋은 것인 줄로 알고 처첩을 두셋씩 두는 사람도 있으며, 어떤 사람은 대여섯 명 두는 자도 있으며, 혹은 장가 든 뒤에 그 아내를 돌아보지 아니하고 두 번 세 번 장가드는 자도 있으며, 혹은 아내를 소박하고 첩을 사랑하다가 패가망신(敗家亡身, 집안의 재산을 다 써 없애고 몸을 망침)하는 자도 있으니 사나이가 두 계집 두는 것은 천리에 어기어짐이라.

계집이 두 사나이를 두면 변고로 알고 사나이가 두 계집 두는 것은 예사로 아니 어찌 그리 편벽(偏僻, 생각이 한쪽으로 치우쳐 있다)되며, 사나이가 남의 계집 도적함은 꾸짖지 아니하고 계집이 남의 사나이를 상관하면 큰 변인 줄 아니 어찌 그리 불공평하오? 하느님의 천연한 이치로 말할진대 사나이는 아내 한 사람만 두고 여편네는 남편 한 사람만 좇을지라.

남녀 불문하고 두 사람을 두든지 섬기는 것은 옳지 아니하거늘, 지금 세상 사람들은 괴악하고 음란하고 박정(薄情, 인정이 박하다)하여 길가의 한 가지 버들을 꺾기 위하여 백년해로(百年偕老, 부부가 한평생을 사이좋게 지내고 즐겁게 함께 늙음)하려던 사람을 잊어버리고, 동산의 한 송이 꽃을 보기 위하여 조강지처(糟糠之妻, 가난하고 천할 때에 고생을 함께 겪어 온 아내)를 내쫓으며, 남편이 병이 들어 누웠는데 의원과 간통하는 일도 있고, 복을 빌어 불공한다 가탁(假託, 거짓 핑계를 댐)하고 중서방 하는 일도 있고, 남편 죽어 사흘이 못 되어 서방 해갈(解渴, 목마름을 해소함) 주선하는 일도 있으니, 사람들은 계집이나 사나이나 인정도 없고 의리도 없고 다만 음란한 생각뿐이라 할 수밖에 없소.

우리 원앙새는 천지간에 지극히 작은 물건이로되 사람과 같이 그런 더러운 행실은 아니 하오. 남녀의 법이 유별하고 부부의 윤기(倫紀, 윤리와 기강)가 지중한 줄을 아는 고로 음란한 일은 결코 없소.

　사람들도 우리 원앙새의 역사를 짐작하기로 이야기하는 말이 있소. 옛날에 한 사냥꾼이 원앙새 한 마리를 잡았더니 암원앙새가 수원앙새를 잃고 수절하여 과부로 있은 지 일 년 만에 또 그 사냥꾼의 화살에 맞아 잡힌 바 된지라, 사냥꾼이 원앙새를 잡아 가지고 집으로 돌아와서 털을 뜯을새 날개 아래 무엇이 있거늘 자세히 보니 거년(去年, 지난해)에 자기가 잡아 온 수원앙새의 대가리라. 이것은 암원앙새가 수원앙새와 같이 있다가 수원앙새가 사냥꾼의 화살을 맞아서 떨어지니, 그 창황(愴怳, 놀라거나 다급하여 어찌할 바를 모름) 중에도 수원앙새의 대가리를 집어 가지고 숨어서 일시의 난을 피하여 짝 잃은 한을 잊지 아니하고 서방의 대가리를 날개 밑에 끼고 슬피 세월을 보내다가 또한 사냥꾼에게 잡힌 바 된지라, 그 사냥꾼이 이것을 보고 정절이 지극한 새라 하여 먹지 아니하고 정결한 땅에 장사를 지낸 후에 그때부터 다시는 원앙새는 잡지 아니하였다 하니, 우리 원앙새는 짐승이로되 절개를 지킴이 이러하오.

　사람들의 행위를 보면 추하고 비루(鄙陋, 행동이나 성질이 너절하고 더럽다)하고 음란하여 우리보다 귀하다 할 것이 조금도 없소. 사람들의 행사를 대강 말할 터이니 잠깐 들어보시오. 부인이 죽으면 불쌍히 여기는 남편이 몇이나 되겠소? 상처한 후에 사나이 수절하였다는 말은 들어보도 못하였소. 낱낱이 재취(再娶, 아내를 여의었거나 이혼한 후 다시 아내를 맞이함)를 하든지 첩을 얻든지 자식에게 못 할 노릇 하고 집안에 화근(禍根, 재앙의 근원)을 일으키어 화기(和氣, 기색이 온화하고 화목함)를 손상케 하고, 계집으로 말하면 남편 죽은 후에 수절하는 사람은 많으나 속으로 서방질 다니며 상부(喪夫, 남편의 죽음을 당함)한 지 며칠이 못 되어 개가할 길 찾느라고 분주한 계집도 있고, 또 자식을 낳아서 개구멍이나 다리 밑에 내버리는 것도 있으며, 심한 계집은 간부에게 혹하여 산 서방을 두고 도망질하기와 약을 먹여 죽이는 일까지 있으니 저들의 별별 괴악한 일은 이루 다 말할 수 없소. 세상에 제일 더럽고 괴악한 것은 사람이라, 다 말하려면 내 입이 더러워질 터이니까 그만두겠소."

원앙새가 연설을 그치고 연단에서 내려오니, 회장이 다시 일어나서 말한다.

폐회(閉會)

"여러분 하시는 말씀을 들으니 다 옳으신 말씀이오. 대저 사람이라 하는 동물은 세상에 제일 귀하다 신령하다 하지마는, 나는 말하자면 제일 어리석고 제일 더럽고 제일 괴악하다 하오. 그 행위를 들어 말하자면 한정이 없고 또 시간이 진하였으니 그만 폐회하오."

하더니 그 안에 모였던 짐승이 일시에 나는 자는 날고, 기는 자는 기고, 뛰는 자는 뛰고, 우는 자도 있고, 짖는 자도 있고, 춤추는 자도 있어 다 각각 돌아가더라.

슬프다! 여러 짐승의 연설을 듣고 가만히 생각하여보니 세상에 불쌍한 것이 사람이로다. 내가 어찌하여 사람으로 태어나서 이런 욕을 보는고! 사람은 만물 중에 귀하기로 제일이요, 신령하기도 제일이요, 재주도 제일이요, 지혜도 제일이라 하여 동물 중에 제일 좋다 하더니 오늘날로 보면 제일로 악하고, 제일 흉괴하고, 제일 음란하고, 제일 간사하고, 제일 더럽고, 제일 어리석은 것은 사람이로다.

까마귀처럼 효도할 줄도 모르고, 개구리처럼 분수 지킬 줄도 모르고, 여우보다도 간사하고, 호랑이보다도 포악하고, 벌과 같이 정직하지도 못하고, 파리같이 동포 사랑할 줄도 모르고, 창자 없는 일은 게보다 심하고, 부정한 행실은 원앙새가 부끄럽도다.

여러 짐승이 연설할 때 나는 사람을 위하여 변명 연설을 하리라 하고 몇 번 생각하여본즉 무슨 말로 변명할 수가 없고, 반대를 하려 하나 현하지변(懸河之辯, 물이 거침없이 흐르듯 잘하는 말)을 가지고도 쓸데가 없도다. 사람이 떨어져서 짐승의 아래가 되고 짐승이 도리어 사람보다 상등이 되었으니 어찌하면 좋을꼬?

예수님의 말씀을 들으니 하느님이 아직도 사람을 사랑하신다 하니, 사람들이 악한 일을 많이 하였을지라도 회개하면 구원 얻는 길이 있다 하였으니, 이 세상에 있는 여러 형제자매는 깊이깊이 생각하시오.

작가연보 作家年譜

이해조 (李海朝 1869~1927) 일제강점기 언론인. 소설가. 호는 열재(悅齋)

1869년(1세)	2월 27일 경기도 포천군 신북면 신평리 121번지에서 부친 이철용(李哲鎔)과 모친 청풍 김씨의 장남으로 출생.
1887년(19세)	어릴 때부터 한학을 배워 초시에 합격.
1893년(25세)	'대동사문회(大東斯文會)' 주관.
1906년(38세)	〈소년한반도(少年韓半島)〉에 《잠상태》 연재.
1907년(39세)	'대한협회(大韓協會)' 교육부 사무장 역임. 〈제국신문〉 입사 후 《고목화》 《빈상설》 연재.
1908년(40세)	'기호흥학회(畿湖興學會)' 가입. 《고목화》 《빈상설》 《홍도화》 《구마검》 출간. 《화성돈전》 《철세계》 번역 출간.
1909년(41세)	《원앙도》 《현미경》 발표.
1910년(42세)	〈매일신보〉 입사 후 《화세계》 《옥중화》 《만월대》 《자유종》 《홍도화》 연재.
1911년(43세)	《쌍옥적》 《화세계》 《월하가인》 《모란병》 출간.
1912년(44세)	〈매일신보〉에 《화의 혈》 《구의산》 《소양정》 《춘외춘》 《탄금대》 《옥중화》 《강상련》 연재.
1913년(45세)	〈매일신보〉에 《연의 각》 《우중행인》 《소학령》 《비파성》 《봉선화》 연재. 〈매일신보〉 퇴사.
1914년(46세)	《정선조선가곡》 발표.
1916년(48세)	《토의 간》 발표.
1918년(50세)	《홍의장군》 발표.
1925년(57세)	《강명화실기》 발표.
1927년(59세)	5월 11일 고향인 경기도 포천에서 사망.

최찬식 (崔瓚植 1881~1951) 소설가. 자는 찬옥(贊玉) 호는 해동초인(海東樵人)

1881년(1세)	음력 8월 16일 경기도 광주에서 개화기 언론인인 부친 최영년(崔永年)과 모친 청송 심씨의 아들로 출생.
1897년(17세)	부친 최영년이 설립한 시흥학교 입학. 관립한성중학교(官立漢城中學校) 수학.
1907년(27세)	중국 상해에서 발간된 소설전집 《설부총서(說部叢書)》 번역.
1910년(30세)	〈자선부인회〉 잡지사 편집인 재임. 〈신문계(新文界)〉 〈반도시론(半島時論)〉 기자. 단편 《종소리》 장시 《부랑자 경고가》 발표.
1912년(32세)	《추월색(秋月色)》 발표.
1914년(34세)	《안(雁)의 성(聲)》 《금강문(金剛門)》 《해안(海岸)》 발표.
1916년(36세)	《도화원(桃花園)》 발표.
1918년(38세)	《삼강문(三綱門)》 발표.
1919년(39세)	《능라도(綾羅島)》 발표.
1924년(44세)	《춘몽(春夢)》 발표. 창작 활동 중단.
1951년(71세)	6·25 전쟁으로 고초를 겪다 1월 10일 최익현(崔益鉉)의 《실기(實記)》 집필 중 사망.

안국선 (安國善 1878~1926) 소설가. 호는 천강(天江) 초명 주선(周善)

1878년(1세)	음력 12월 5일 경기도 양지군 봉촌(현 안성군 고삼면 봉산리)에서 가난한 선비 안직수(安稷壽)의 장남으로 출생.
1895년(18세)	군부대신인 백부 안경수의 추천으로 관비유학생으로 선발. 일본 게이오대학교(慶應義塾大學) 보통과 입학.
1896년(19세)	게이오대학교(慶應義塾大學) 보통과 졸업. 도쿄전문학교(와세다대학교) 입학.
1899년(21세)	도쿄전문학교(와세다대학교) 졸업. 귀국 후 박영효 역모 사건으로 체포.
1904년(27세)	4년 넘게 미결수로 수감. 재판에서 백 대 태형과 종신 유형 선고. 진도로 유배.
1906년(29세)	유배에서 풀림. 부인 이씨와 결혼. 돈명의숙(敦明義塾) 교사 부임.
1907년(30세)	'제실재산정리국(帝室財産整理局)' 사무관 임명. 광신상업학교 교사 재직. 《외교통의》《정치원론》《비율빈전사》《연설법방(演說法方)》 출간. 〈야뢰(夜雷)〉〈대한협회보〉〈기호흥학회월보(畿湖興學會月報)〉 등에 논설 발표. '박영효 귀국환영회' '국채보상기성회' '법학협회' '대한학회' 발기인.
1908년(31세)	조선총독부 탁지부 서기관에 임명. '대한중앙학회' 평의원 '기호흥학회' 〈월보〉 저술원. '소년동지회' 재임. 《금수회의록(禽獸會議錄)》 출간.
1909년(32세)	탁지부 이재국 국고과장으로 전임.
1910년(33세)	'황성기독교청년회' 참여.
1911년(34세)	조선총독부 경상북도 청도군 군수로 임명. 2년 3개월 재임.
1913년(36세)	청도 군수 해임. 서울로 상경 후 칩거.
1915년(38세)	'법학학회' 회원. 단편집《공진회 — 〈기생〉〈인력거꾼〉〈시골 노인 이야기〉》 출간. 금광, 개간, 미두(米豆), 주권(株券) 사업 실패 후 고향으로 낙향.
1919년(42세)	'조선경제회' 상무.
1920년(43세)	'내선인 간담회' 참여.
1921년(44세)	'유민회(維民會)' 평의원. '계명구락부' 회원. 해동은행 서무부장. '조선 소작인 상조회' 발기인.
1924년(47세)	'동민회(同民會)' 활동.
1926년(49세)	7월 8일 서울에서 지병으로 사망.

국어과 선생님이 뽑은 논술고사·수능대비 청소년 필독서

국어과 선생님이 뽑은
한국 단편소설 37선

청소년들의 논술고사와 수능시험의 출제 경향을 분석해 중·고생이 꼭 읽어야 할 대표적인 한국단편소설 37선을 선별하여 각 작품마다 작가 소개와 작품해설, 줄거리를 실었으며, 개별 작품에 대한 단편적인 지식 보다는 종합적인 이해가 되도록, 작품 전문을 줄이지 않고 중편 이상의 작품들도 수록하였다. 또한, 작품 전문 위주로 편집해 학생의 독서 능력 향상에 도움을 주도록 예쁜 삽화와 함께 컬러로 구성하였다.

신국판 | 컬러 816쪽 · 값 16,800원

국어과 선생님이 뽑은
한국 고전소설 47선

고전이라고 하면 흔히들 시대에 뒤떨어진 것이라고 가볍게 생각할 수도 잇다. 그러나 온고이지신이란 말도 있듯이 과거는 과거로서 의미가 있 고 현재는 과거가 바탕이 되어 만들어진 창조물이므로 오늘날의 고전은 항상 새로움으로 인식되어야 한다. 이 책에는 각 작품마다 줄거리와 해 설은 물론 작가의 작품 세계를 청소년의 눈높이에 맞추어 예쁜 삽화와 함께 컬러로 편집되었다.

신국판 | 컬러 608쪽 · 값 14,900원

국어과 선생님이 뽑은
세계 단편소설 33선

성장기에 읽은 감동적인 소설은 청소년들에게 많은 영향을 준다. 오늘 날까지 세계의 수많은 사람들에게 읽히며 감동을 주는 중·고등학교 교 과서에 수록된 세계 단편소설들을 모아 각 작품마다 작가 소개와 줄거 리 및 작품정리를 실었으며 중편 이상의 작품들도 축약하지 않고 전문 을 수록하였다. 또한 청소년들에게 쉽게 다가갈 수 있도록 아름다운 삽 화와 함께 컬러로 편집하였다.

신국판 | 컬러 752쪽 · 값 15,800원

국어과 선생님이 뽑은

셰익스피어 4대 비극

전 세계의 독자들을 감동시킨 셰익스피어의 4대 비극은 우수적인 인간 고뇌의 문제를 심도 있게 다루고 있다. 희극과 비극은 같은 원인에서 시작된다고 한 그는 양쪽 다 천재성을 발휘해 성공을 거둔다. 4대 비극의 위대성은 하나의 문화로 자리 잡고 현대 연극사에도 큰 영향을 끼치며 위대함이 살아 움직인다. 셰익스피어가 세상을 떠난 지 수백 년이 지난 지금도 그의 작품은 우리에게 안목을 넓혀 준다.

신국판 | 컬러 592쪽 · 값 14,800원

국어과 선생님이 뽑은

셰익스피어 5대 희극

전 세계의 독자들을 감동시킨 셰익스피어의 5대 희극은 인간 사회의 즐거운 면과 악의적인 면을 잘 보여준다. 희극과 비극은 같은 원인에서 시작된다고 한 그는 양쪽 다 천재성을 발휘해 성공을 거둔다. 5대 희극의 위대성은 하나의 문화로 자리 잡고 현대 연극사에도 큰 영향을 끼치며 위대함이 살아 움직인다. 셰익스피어가 세상을 떠난 지 수백 년이 지난 지금도 그의 작품은 우리에게 안목을 넓혀 준다.

신국판 | 컬러 592쪽 · 값 15,800원

국어과 선생님이 뽑은

셰익스피어 4대 비극 · 5대 희극

셰익스피어의 4대 비극은 우수적인 인간 고뇌의 문제를 다루고 있는 데 반해 5대 희극은 인간 사회의 즐거운 면과 악의적인 면을 잘 보여준다. 희극과 비극은 같은 원인에서 시작된다고 한 그는 양쪽 다 천재성을 발휘해 성공을 거둔다. 4대 비극과 5대 희극의 위대성은 하나의 문화로 자리 잡고 영문학을 공부하는 학생, 배우를 꿈꾸며 연기나 연출을 전공하는 사람들의 필독서인 현대 연극사에 큰 영향을 끼친 위대함이 살아 있다.

신국판 | 1,008쪽 · 값 25,000원

국어과 선생님이 뽑은

한국 고전소설 신화 · 설화 · 수필 · 가전체 64

이 책은 교육과정 개편과 중 · 고등학교 교과서 개정에 맞춰 수능과 논술, 내신을 위해 중 · 고생이 꼭 읽어야 할 한국 고전소설 · 신화 · 설화 · 가전체 · 수필 등을 상고 시대부터 조선 후기까지 작품을 창작 연대순으로 배열하였다.
각 작품마다 작가 소개, 작품 정리, 줄거리를 실었으며 한자나 어려운 단어는 괄호 안에 주석을 달아 원작의 표현과 내용을 쉽게 파악할 수 있도록 64편의 작품 전문을 수록하여 이 책을 꾸며 보았다.

신국판 | 736쪽 · 값 16,800원

국어과 선생님이 뽑은 **북앤북 논술문학 읽기**

❶

국어과 선생님이 뽑은
이광수 · 무정
부모가 정해주는 삶을 자연스럽게 수용한다는 박영채와 근대적 흐름에 맞추어 변화하고 있는 이형식을 비롯한 등장인물들 간의 내면적 갈등을 보여주는 기존 사회의 굴레에서 벗어나 여성이라기보다는 하나의 인간으로서 자신의 위치를 찾아가는 모습을 과도기적 시대 속에서 나타나는 인물들과 사상관의 대립을 잘 표현한다.
신국판 | 416쪽 · 값10,000원

❷

국어과 선생님이 뽑은
채만식 · 탁류
주인공 초봉이의 비극적인 삶을 중심으로 식민지 자본주의 체제를 살아가는 당시 조선인들의 일상적 욕망을 날카롭게 포착하고 딸을 팔아 장사 밑천을 삼는 정주사 내외와 다양한 인물 군상의 삶을 항구도시 군산을 배경으로 비극적인 삶을 그린 1930년대 하층민들의 현실과 함께 작가의 사회의식을 살펴볼 수 있다.
신국판 | 496쪽 · 값10,000원

❸

국어과 선생님이 뽑은
현진건 · 무영탑
신라 예술의 최고작품인 석가탑을 건축하려는 한 석공의 예술혼과 남녀 간의 사랑을 결합시켜 애절하면서도 흥미진진한 한편의 이야기를 역사의 전설을 재구성하여 사실적 보다는 예술적인 아름다운 탑을 만들어 가는 과정을 그린 현진건의 장편 역사 소설.
신국판 | 448쪽 · 값10,000원

❹

국어과 선생님이 뽑은
심훈 · 상록수
일제의 식민지 수탈에 맞서 1920년대 중반부터 적극적으로 전개되어 온 '브나로드 운동'을 시대적 배경으로 일제의 탄압 때문에 청춘 남녀의 사랑 이야기를 소재로 한 소설을 통해서 농촌 계몽 운동에 헌신하는 지식인들의 모습과 당시 농촌의 실상을 보여준다.
신국판 | 360쪽 · 값9,500원

❺

국어과 선생님이 뽑은
채만식 · 태평천하
지주이자 고리대금업자인 윤 직원을 통하여 그릇된 인식과 그 집안이 몰락해 가는 과정을 판소리 사설의 풍자적 문체로 당대 사회의 모순과 중산 계층의 부정적 인물에 대한 삶을 풍자한 가족사적 소설로 1930년대 일제 강점하의 현실을 '태평천하'라는 윤 직원 영감의 시국관과 5대에 걸친 가족의 일제 착취에 의해 궁핍해 가는 그 시대 상황을 풍자한다.
신국판 | 272쪽 · 값9,500원

❻

국어과 선생님이 뽑은
염상섭 · 삼대
1920년대 서울 중구 수하동의 만석꾼인 조씨 일가를 다룬 것으로써 한 가문의 삼대기를 통해서 식민지 체제 아래에서 한 집안이 어떻게 몰락하고, 어떤 의식을 지녔으며, 세 세대 간의 대립을 공존시키며, 그들의 의식과 당시의 청년들의 고뇌가 어떠했는지 사람의 심리를 미묘하고 사실적인 수법으로 파헤친 작품이다.
신국판 | 576쪽 · 값12,000원

❼

국어과 선생님이 뽑은
강경애 · 인간문제
1930년대 일제 강점기의 조선의 농촌과 도시, 농민과 노동자의 현실을 배경으로 하여 항일 투쟁을 직접 다룰 수 없는 상황에서, 농민 운동과 고달프게 살아가는 도시 근로자의 궁핍한 삶과 노동 운동이라는 두 가지 제도의 모순을 다룬 장편 소설로, 그 시기의 인천 부두와 방적 공장의 묘사를 생생하게 표현하고 있다. 일제 강점기의 농민과 노동자들의 비참한 삶을 그리면서도, 그 고통과 비극이 우리 모두의 문제라고 제시하고 있다.
신국판 | 320쪽 · 값9,500원

❽

국어과 선생님이 뽑은
김구 · 백범일지
독립운동에 평생을 헌신한 백범 김구 선생의 일지이자 자서전이다. 1편과 2편을 한권으로 엮은 것으로 1편은 그가 주석으로 활동하면서 유서 대신 남긴 그의 기록에 관한 것이며, 2편은 윤봉길의사 사건 이후 민족 독립운동에 대한 저자의 경륜과 소회를 고하고자 한다. 또한 나의 소원과 두 아들에게 주는 글 등 그가 남긴 기록을 함께 수록하여 그의 정신을 온전히 살펴볼 수 있다.
신국판 | 416쪽 · 값10,000원

❾

국어과 선생님이 뽑은 이인직
혈의 누 · 은세계
이 작품은 청일 전쟁을 배경으로 십 년 동안의 세월 속에서 한국 · 일본 · 미국을 무대로 옥련 일가의 기구한 운명에 얽힌 개화기의 시대상을 그리고 있다. 이 작품이 발표되면서 한국 소설은 형식 내용에 있어서 이전의 소설과 구별되며, 근대소설을 향해 한걸음 앞으로 다가서게 된다. 물론 구소설적 문제를 완전히 탈피하지 못했지만 신교육 사상, 자유 결혼관, 봉건 관료에 대한 비판, 자주 독립 사상 등의 새로운 주제의식을 통해 근대소설로 진입하는 최초의 작품이다.
신국판 | 240쪽 · 값9,500원

❿

국어과 선생님이 뽑은 이해조 · 최찬식 · 안국선
자유종 · 추월색 · 금수회의록
《자유종》은 이해조의 정치소설로 개화기 지식인의 비판의식을 드러내며, 양반 여성들의 관념적인 토론과 대화로 구시대의 유습인 여성의 인습(因襲)과 예속이 타파되어야 하며 여성의 권리신장, 자녀교육과 자주독립, 적서(嫡庶) 차별과 지방색 타파, 미신타파, 한문폐지 등 국권회복과 근대화의 국가발전을 위한 신교육의 필요성과 여성이 새 시대의 국가와 민족의 앞날에 대해 생각하고 이야기할 필요가 있음을 주장한다.
신국판 | 224쪽 · 값9,500원

국어과 선생님이 뽑은

온고지신 읽기 · 논술문학 읽기
논술고사 수능대비 청소년필독서